CETTE AVEUGLANTE ABSENCE DE LUMIÈRE

« Longtemps j'ai cherché la pierre noire qui purifie l'âme de la mort. Quand je dis longtemps, je pense à un puits sans fond, à un tunnel creusé avec mes doigts, avec mes dents, dans l'espoir têtu d'apercevoir ne serait-ce qu'une minute, une longue et éternelle minute, un rayon de lumière, une étincelle qui s'imprimerait au fond de mon œil, que mes entrailles garderaient, protégée comme un secret. Elle serait là, habiterait ma poitrine et nourrirait l'infini de mes nuits, là, dans cette tombe, au fond de la terre humide, sentant l'homme vidé de son humanité à coups de pelle lui arrachant la peau, lui retirant le regard, la voix, la raison. »

Ce roman est tiré de faits réels et inspiré par le témoignage d'un ancien détenu du bagne de Tazmamart.

Écrivain marocain de langue française, Tahar Ben Jelloun est né en 1944. Il a publié de nombreux romans, recueils de poèmes et essais. Il a obtenu le prix Goncourt en 1987 pour La Nuit sacrée.

TEXTE INTÉGRAL

ISBN 2-02-053055-4
(ISBN 2-02-041777-4, 1re publication)

© Éditions du Seuil, janvier 2001

www.seuil.com

Tahar Ben Jelloun

CETTE AVEUGLANTE ABSENCE DE LUMIÈRE

ROMAN

Éditions du Seuil

Ce roman est tiré de faits réels inspirés par le témoignage d'un ancien détenu du bagne de Tazmamart.
Il est dédié à Aziz ainsi qu'à Réda, son jeune fils, lumière de sa troisième vie.

1

Longtemps j'ai cherché la pierre noire qui purifie l'âme de la mort. Quand je dis longtemps, je pense à un puits sans fond, à un tunnel creusé avec mes doigts, avec mes dents, dans l'espoir têtu d'apercevoir, ne serait-ce qu'une minute, une longue et éternelle minute, un rayon de lumière, une étincelle qui s'imprimerait au fond de mon œil, que mes entrailles garderaient, protégée comme un secret. Elle serait là, habiterait ma poitrine et nourrirait l'infini de mes nuits, là, dans cette tombe, au fond de la terre humide, sentant l'homme vidé de son humanité à coups de pelle lui arrachant la peau, lui retirant le regard, la voix et la raison.

Mais que faire de la raison, là où nous avons été enterrés, je veux dire mis sous terre, en nous laissant un trou pour la respiration nécessaire, pour vivre assez de temps, assez de nuits pour expier la faute, mettant la mort dans une lenteur subtile, une mort qui devait prendre son temps, tout le temps des hommes, ceux que nous n'étions plus, et ceux qui nous gardaient encore, et ceux qui nous avaient totalement oubliés. Ah, la lenteur ! l'ennemi principal, celui qui enrobait notre peau meurtrie, donnant beaucoup de temps à la blessure ouverte avant de commencer à se cicatriser ; cette lenteur qui faisait battre notre cœur au rythme paisible de la petite mort, comme si nous devions nous éteindre, une bougie allumée loin de nous et qui se consumait

9

avec la douceur du bonheur. Je pensais souvent à cette bougie, faite non pas de cire mais d'une matière inconnue qui donne l'illusion de la flamme éternelle, signe symbolique de notre survie. Je pensais aussi à un sablier géant, où chaque grain de sable était un grain de notre peau, une goutte de notre sang, une petite poignée d'oxygène que nous perdions au fur et à mesure que le temps descendait vers le gouffre où nous étions.

Mais où étions-nous ? Nous étions arrivés là sans notre regard. Était-ce la nuit ? Probablement. La nuit sera notre compagne, notre territoire, notre monde et notre cimetière. Ce fut la première information que je reçus. Ma survie, mes tortures, mon agonie étaient inscrites sur le voile de la nuit. Je le sus tout de suite. On dirait que je l'avais toujours su. La nuit, ah ! ma couverture de poussière gelée, mon étendue d'arbres noirs qu'un vent glacial remuait juste pour faire mal à mes jambes, à mes doigts écrasés par la crosse d'un pistolet-mitrailleur. La nuit ne tombait pas, comme on dit, elle était là, tout le temps ; reine de nos souffrances, elle les exposait à notre sensibilité, au cas où nous aurions réussi à ne plus rien ressentir, comme faisaient certains torturés en se dégageant de leur corps par un effort de concentration très puissant, ce qui leur permettait de ne plus souffrir. Ils abandonnaient leur corps aux tortionnaires et partaient oublier tout cela dans une prière ou un repli intérieur.

La nuit nous habillait. Dans un autre monde, on dirait qu'elle était aux petits soins avec nous. Surtout pas de lumière. Jamais le moindre filet de lumière. Mais nos yeux, même s'ils avaient perdu le regard, s'étaient adaptés. Nous voyions dans les ténèbres, ou nous croyions voir. Nos images étaient des ombres se déplaçant dans le noir, bousculant les uns et les autres, allant jusqu'à renverser la carafe d'eau, ou déplacer le morceau de pain rassis que certains gardaient pour parer aux crampes d'estomac.

La nuit n'était plus la nuit, puisqu'elle n'avait plus de jour, plus d'étoiles, plus de lune, plus de ciel. Nous étions la nuit. Nocturnes définitivement, nos corps, notre respiration, les battements de cœur, les tâtonnements de nos mains allant d'un mur à l'autre sans faire d'effort, l'espace étant réduit aux dimensions d'une tombe pour un vivant – chaque fois que je prononce ce mot, je devrais le remplacer par survivant, mais en vérité j'étais un vivant, supportant la vie dans l'extrême dénuement, dans l'épreuve dont la fin ne pouvait être que la mort, mais tout cela ressemble étrangement à la vie.

Nous n'étions pas dans n'importe quelle nuit. La nôtre était humide, très humide, poisseuse, sale, moite, sentant l'urine des hommes et des rats, une nuit venue à nous sur un cheval gris suivi par une meute de chiens enragés. Elle avait jeté son manteau lourd sur nos visages que plus rien n'étonnait, un manteau où il n'y avait même pas de petits trous laissés par les mites, non, c'était un manteau de sable mouillé. De la terre mélangée aux excréments de toutes sortes d'animaux se déposa sur notre peau, comme si notre enterrement était terminé. Non, le vent qui soufflait dans le manteau nous donnait un peu d'air pour que nous ne mourrions pas tout de suite, juste de quoi nous maintenir loin de la vie et tout près de la mort. Ce manteau pesait des tonnes. Invisible et pourtant palpable. Mes doigts perdaient leur peau quand je le touchais. Je cachais mes mains derrière mon dos pour ne plus être en contact avec la nuit. Je les protégeais ainsi, mais que de fois le froid du ciment mouillé m'obligea à changer de position, me mettant à plat ventre, la tête écrasée contre le sol, préférant avoir mal au front qu'aux mains. Il y avait donc des préférences entre deux douleurs. Pas vraiment. Tout le corps devait souffrir, chaque partie, sans exception. La tombe a été aménagée (encore un mot de la vie, mais il faut bien continuer à emprunter à la vie de petites choses) de telle sorte que le corps subisse toutes les souffrances imaginables, qu'il les endure avec la plus lente des lenteurs, et qu'il se maintienne en vie pour subir d'autres douleurs.

En fait, la tombe était une cellule de trois mètres de long sur un mètre et demi de large. Elle était surtout basse, entre un mètre cinquante et un mètre soixante. Je ne pouvais pas me mettre debout. Un trou pour pisser et chier. Un trou de dix centimètres de diamètre. Le trou faisait partie de notre corps. Il fallait très vite oublier son existence, ne plus sentir les odeurs de merde et d'urine, ne plus sentir du tout. Pas question de se boucher le nez, non, il fallait garder le nez ouvert et ne plus rien sentir. Au début, c'était difficile. C'était un apprentissage, une folie nécessaire, une épreuve à réussir absolument. Être là sans être là. Fermer ses sens, les diriger ailleurs, leur donner une autre vie, comme si j'avais été jeté dans cette fosse sans mes cinq sens. C'était cela : faire comme si je les avais déposés dans une consigne de gare, rangés dans une petite valise, bien enveloppés dans du coton ou de la soie, et puis mis de côté à l'insu des tortionnaires, à l'insu de tout le monde. Un pari sur l'avenir.

Je tombai dans la fosse comme un sac de sable, comme un paquet à apparence humaine, je tombai et je ne ressentais rien, je ne sentais rien et je n'avais mal nulle part. Non, cet état-là, je ne l'atteignis qu'après des années de souffrances. Je crois même que la douleur m'avait aidé. À force d'avoir mal, à force de supplice, j'avais réussi lentement à me détacher de mon corps et à me voir lutter contre les scorpions dans cette fosse. J'étais au-dessus. J'étais de l'autre côté de la nuit. Mais avant d'y arriver, j'ai dû marcher des siècles dans la nuit du tunnel infini.

Nous n'avions pas de lit, pas même un morceau de

mousse en guise de matelas, pas même une botte de foin ou d'alfa sur laquelle dorment les animaux. On nous distribua chacun deux couvertures grises sur lesquelles était imprimé le chiffre 1936. Était-ce l'année de leur confection ou bien une référence spécifique pour les condamnés à la mort lente ? Légères et solides, elles sentaient l'hôpital. Elles avaient dû être trempées dans un produit désinfectant. Il fallait s'y habituer. L'été, elles n'étaient pas très utiles. En revanche, l'hiver, elles étaient insuffisantes. Je pliai l'une et en fis un matelas très étroit. Je dormais sur le côté. Lorsque je voulais changer de côté, je me levais pour ne pas défaire les plis. Systématiquement, surtout au début, je me cognais la tête contre le plafond.

Je m'enveloppais dans l'autre couverture et je respirais le désinfectant qui me donnait d'étranges céphalées. C'étaient des couvertures empoisonnées !

Que de fois je me suis persuadé que la terre allait s'ouvrir et m'engloutir ! Tout avait été très bien étudié. Ainsi, nous avions droit à cinq litres d'eau par jour. Qui leur avait communiqué ce chiffre ? Probablement des médecins. D'ailleurs l'eau n'était pas vraiment potable. J'avais une carafe en plastique où je versais de l'eau et la laissais décanter toute une journée. Au fond de la carafe, il y avait un dépôt de poussière et de saletés visqueuses.

Puisqu'ils avaient tout prévu, peut-être avaient-ils posé la dalle de la cellule de sorte qu'elle bascule après quelques mois ou quelques années et nous jette dans la fosse commune qui aurait été creusée juste sous le bâtiment ?

2

Depuis la nuit du 10 juillet 1971, je n'ai plus d'âge. Je n'ai ni vieilli, ni rajeuni. J'ai perdu mon âge. Il n'est plus lisible sur mon visage. En fait, je ne suis plus là pour lui donner un visage. Je me suis arrêté du côté du néant, là où le temps est aboli, rendu au vent, livré à cette immense plage de drap blanc que secoue une brise légère, donné au ciel vidé de ses astres, de ses images, des rêves d'enfance qui y trouvaient refuge, vidé de tout, même de Dieu. Je me suis mis de ce côté-ci pour apprendre l'oubli, mais je n'ai jamais réussi à être entièrement dans le néant, pas même en pensée.

Le malheur est arrivé comme une évidence, une bourrasque, un jour où le ciel était bleu, tellement bleu que mes yeux éblouis perdirent la vue pendant quelques secondes, ma tête étourdie penchait comme si elle allait tomber. Je savais que ce jour-là allait être le jour du bleu taché de sang. Je le savais si intimement que je fis mes ablutions et priai dans un coin de la chambrée où régnait un silence étouffant. Je fis même une prière supplémentaire pour l'adieu à la vie, au printemps, à la famille, aux amis, aux rêves, aux vivants. Sur la colline d'en face, un âne me regardait avec cet air désolé et triste qu'ont les bêtes qui voudraient compatir à la peine des humains. Je me dis : « Au moins lui ne sait pas que le ciel est bleu et il n'a pas de sang à verser. »

Qui se souvient encore des murs blancs du palais de Skhirate ? Qui se souvient du sang sur les nappes, du sang sur le gazon d'un vert vif ? Il y eut un mélange brutal de couleurs. Le bleu n'était plus dans le ciel, le rouge n'était plus sur les corps, le soleil léchait le sang avec une rapidité inhabituelle, et nous, nous avions des larmes dans les yeux. Elles coulaient toutes seules et trempaient nos mains qui n'arrivaient plus à tenir une arme. Nous étions ailleurs, peut-être dans l'au-delà, là où les yeux révulsés quittent le visage pour se loger dans la nuque. Nos yeux étaient blancs. Nous ne voyions plus le ciel ni la mer. Un vent frais nous caressait la peau. Le bruit des détonations se répétait à l'infini. Longtemps il nous poursuivra. Nous n'entendrons plus que ça. Nos oreilles étaient occupées. Je ne sais plus si nous nous rendîmes à la garde royale, celle qui traquait les rebelles, ou si nous fûmes arrêtés et désarmés par des officiers qui avaient changé de camp quand le vent tourna. Nous n'avions rien à dire. Nous n'étions que des soldats, des pions, des sous-officiers pas assez importants pour prendre des initiatives. Nous étions des corps qui avaient froid dans la chaleur de cet été. Mains attachées derrière le dos, nous étions jetés dans des camions où morts et blessés étaient entassés. Ma tête était coincée entre deux soldats morts. Leur sang entrait dans mes yeux. Il était chaud. Ils avaient tous les deux lâché merde et urine. Avais-je encore droit au dégoût ? Je vomis de la bile. À quoi pense un homme quand le sang des autres coule sur sa figure ? À une fleur, à l'âne sur la colline, à un enfant jouant au mousquetaire avec un bâton pour épée. Peut-être qu'il ne pense plus. Il essaie de quitter son corps, de ne pas être là, de croire qu'il dort et qu'il fait un très mauvais rêve.

Non, je savais que ce n'était pas un rêve. Mes pensées étaient claires. Je tremblais de tous mes membres.

Je ne me bouchai pas le nez. Je respirais le vomi et la mort à pleins poumons. Je voulais mourir asphyxié. J'essayai d'introduire ma tête dans un sac en plastique posé près des cadavres. Je ne réussis qu'à susciter la colère d'un soldat qui m'assomma d'un coup de pied dans la nuque. En perdant connaissance, je ne sentais plus la puanteur des cadavres. Je ne sentais plus rien. J'étais délivré. Un coup de crosse dans les tibias me réveilla.

Où étions-nous ? Il faisait froid. Peut-être dans la morgue de l'hôpital militaire de Rabat. Le tri entre les vivants et les morts n'avait pas été fait. Certains gémissaient, d'autres se cognaient la tête contre le mur, injuriant le destin, la religion, l'armée et le soleil. Ils disaient que le coup d'État avait raté à cause du soleil. Il était trop fort, trop lumineux. D'autres criaient : « Mais quel coup d'État ? Notre devise est dans notre sang : "Allah, la Patrie, le Roi". » Ils répétaient ce slogan comme une litanie qui rachèterait leur trahison.

Je me taisais. Je ne pensais à rien. J'essayais de me fondre dans le néant et de ne plus rien entendre ou ressentir.

3

Au bâtiment B, nous étions vingt-trois, chacun dans une cellule. En plus du trou creusé dans le sol pour faire ses besoins, il y en avait un autre au-dessus de la porte en fer pour laisser passer l'air. Nous n'avions plus de nom, plus de passé et plus d'avenir. Nous avions été dépouillés de tout. Il nous restait la peau et la tête. Pas tous. Le numéro 12 fut le premier à perdre la raison. Il devint très vite indifférent. Il brûla les étapes. Il entra dans le pavillon de la grande douleur en déposant sa tête ou ce qui en restait à la porte du camp. Certains prétendirent l'avoir vu faire le geste de déboîter sa tête et se pencher pour l'enfouir entre deux grosses pierres. Il entra libre. Rien ne l'atteignait. Il parlait tout seul, sans jamais s'arrêter. Même quand il dormait, ses lèvres continuaient à bredouiller des mots incompréhensibles.

Nous refusions de nous appeler entre nous autrement que par nos noms et prénoms. Ce qui nous était interdit. Le numéro 12 s'appelait Hamid. Il était mince et très grand, la peau mate. Il était le fils d'un adjudant qui avait perdu un bras en Indochine. L'armée avait pris en charge l'éducation de ses enfants qui devinrent tous militaires. Hamid voulait être pilote de ligne et rêvait de quitter l'armée.

Le jour, il était impossible de le faire taire. Son délire nous rassurait un peu. Nous étions encore capables de réagir, de vouloir entendre un discours

19

logique, des mots qui nous feraient réfléchir, sourire ou même espérer. Nous savions que Hamid était parti ailleurs. Il nous avait quittés. Il ne nous voyait plus ni ne nous entendait. Ses yeux fixaient le plafond pendant qu'il parlait. Hamid était en quelque sorte notre avenir probable, même si on nous avait assez répété que le futur n'existait plus pour nous. Peut-être des médecins l'avaient-ils drogué afin de le rendre fou et nous l'avaient envoyé comme exemple de ce qui pourrait nous arriver. C'était possible, car, durant les mois passés dans des caves à subir toutes sortes de tortures, certains perdirent la vie, et d'autres, comme Hamid, la raison.

Sa voix résonnait dans les ténèbres. De temps en temps, nous reconnaissions un mot ou même une phrase : « papillon », « pupille de la passion », « pas possible », « popeline », « poussette », « poussoir », « paladie », « près palade », « pourir de pain et de poif »… C'était le jour de la lettre P.

Les gardiens le laissaient parler, comptant sur notre exaspération afin de rendre sa présence encore plus pénible. Pour ne pas faire leur jeu, Gharbi, le numéro 10, se mit à réciter le Coran, qu'il connaissait par cœur. Il l'avait appris à l'école coranique comme la plupart d'entre nous, sauf que lui se destinait à être le mufti de la caserne. Il avait même participé à un concours de récitants et obtenu le troisième prix. C'était un bon musulman, il ne manquait pas ses prières et lisait toujours quelques versets avant de dormir. On l'appelait, à l'École des élèves officiers, l'« Ustad », le Maître.

Quand l'Ustad se mit à réciter le Coran, la voix de Hamid se fit de plus en plus basse, jusqu'à s'éteindre. On aurait dit que la lecture du livre saint l'apaisait, ou du moins différait son délire. Au moment où l'Ustad termina, en prononçant la formule « Ainsi la parole de Dieu le Très Puissant est Vérité », Hamid reprit son discours avec la même véhémence, le même rythme lancinant, la même confusion. Personne n'osait intervenir. Il avait besoin de sortir tous ces mots en arabe et en français. C'était sa façon de nous quitter, de s'isoler et d'appeler la mort. Elle vint le prendre lorsqu'il entra en transe et se cogna plusieurs fois la tête contre le mur. Il poussa un long cri, puis nous n'entendîmes plus ni sa voix ni son souffle. L'Ustad dit la première sourate du Coran. Il chanta plutôt. C'était beau. Le silence qui régna ensuite était magnifique.

L'Ustad fut désigné pour négocier avec les gardes les conditions de l'enterrement de Hamid. Ce fut long et compliqué. Il fallait en référer au commandant du camp, lequel devait attendre les ordres de la capitale. Ils voulaient jeter le corps dans une fosse, sans cérémonie, sans prière, sans lecture du Coran. Notre premier acte de résistance consista à réclamer un enterrement digne pour l'un de nous. Nous étions vingt-deux vivants autour de ce corps, dont la voix résonnait encore dans nos têtes. Nous invoquâmes la tradition musulmane, qui désapprouve l'enterrement différé, le soleil ne devant se coucher qu'une fois sur le défunt. Il fallait faire vite, d'autant plus que la chaleur étouffante – nous étions au mois de septembre – n'allait pas tarder à s'attaquer au cadavre.

Les funérailles eurent lieu le lendemain matin. Malgré les circonstances, nous étions heureux. Nous revoyions la lumière du ciel après quarante-sept jours de ténèbres. Nous clignions des yeux, certains pleurèrent. L'Ustad conduisit la cérémonie, réclama de l'eau pour la toilette du corps et un drap pour le linceul. Un des gardes, apparemment ému, apporta plusieurs bidons d'eau et un drap blanc tout neuf.

Ce fut l'occasion pour chacun d'entre nous d'essayer de situer le lieu où nous étions. Je cherchai des repères. Notre bâtiment était entouré de remparts épais hauts d'au moins quatre mètres. Une chose était certaine : nous n'étions pas près de la mer. Tout autour du camp, il y avait des montagnes grises. Pas d'arbres. Une caserne au loin. Le néant, le vide. Notre prison était à moitié sous terre. Les gardes devaient vivre dans deux petites baraques, à quelques centaines de mètres de là où nous étions en train d'enterrer Hamid.

Durant une petite heure, j'ouvris grands les yeux, et même la bouche, en vue d'avaler le plus de lumière possible. Aspirer la clarté, la stocker à l'intérieur, la garder comme refuge, et s'en souvenir chaque fois que l'obscurité pèse trop sur les paupières. Je me mis torse nu, pour que ma peau s'en imprègne et accapare ce bien précieux. Un garde m'intima l'ordre de remettre ma chemise.

Le soir, j'eus honte d'avoir été heureux grâce à l'enterrement d'un compagnon. Étais-je sans pitié, étais-je monstrueux au point de profiter du décès de l'un d'entre nous ? La vérité était là, amère et brutale. Si la mort de mon voisin me permet de voir le soleil, ne serait-ce que quelques instants, devrais-je souhaiter sa disparition ? Et pourtant, je n'étais pas le seul à le penser. Driss, le numéro 9, eut le courage d'en parler : l'enterrement devint pour nous l'occasion de sortir et de voir un rayon de lumière. C'était notre récompense, notre espoir secret, celui que l'on n'osait pas formuler mais auquel on pensait.

Et la mort se transforma en un superbe rayon de soleil. Certes, nous avions été jetés là pour mourir. La mission des gardes était de nous maintenir le plus possible dans l'état de pré-mort. Notre corps devait subir sa décomposition petit à petit. Il fallait étaler la souffrance dans le temps, lui permettre de se répandre lentement, de n'oublier aucun organe, aucune parcelle de peau, de monter des orteils aux cheveux, de circuler entre les plis, entre les rides, de s'insinuer telle une aiguille cherchant la veine pour déposer son venin.

Qu'elle vienne, la mort ! Que les survivants en profitent pour voir le jour ! Son travail était bien entamé. Hamid fut le premier à nous offrir une bouffée de lumière. C'était son cadeau d'adieu. Parti sans souffrir, ou presque.

Après une année dans ce trou, la question qui hantait chacun de nous était : « À qui le tour, à présent ? » Je faisais des spéculations. Driss avait une maladie des muscles et des os. Il ne devait pas faire partie de notre commando. On devait même le déposer à l'hôpital militaire de Rabat. Le chef oublia. Son destin était de venir mourir dans cette prison, sous terre. Ses jambes décharnées s'étaient recroquevillées et étaient collées à sa poitrine. Tous ses muscles fondirent. Il lui était impossible de lever la main. Les gardes consentirent à me laisser lui donner à manger et l'aider à faire ses besoins. Il ne pouvait plus mâcher. Je mastiquais le pain et le lui donnais par petites bouchées, suivies d'une gorgée d'eau. Il lui arrivait d'avaler de travers, et il ne pouvait pas tousser. Il courbait son dos, mettait la tête entre ses jambes et roulait sur le sol pour faire passer l'eau du bon côté de l'œsophage. Il avait tellement maigri qu'il ressemblait à un oiseau déplumé. Je ne voyais pas bien ses yeux. Ils devaient être vitreux, vides. Il dormait accroupi, la tête posée contre le mur, les mains calées sous les pieds. Il mettait du temps à trouver cette position qui lui permettait de s'endormir sans trop ressentir les douleurs articulaires. Il perdit peu à peu la parole. Il fallait deviner ce qu'il balbutiait. Je savais qu'il réclamait la mort. Mais je ne pouvais pas l'aider à mourir. À la limite, si j'avais eu une petite pilule bleue pour le délivrer, peut-être la lui aurais-je donnée. Vers la fin, il refusait de s'alimenter. Je sentis la mort s'installer dans ses yeux. Il essaya de me dire quelque chose, peut-être un chiffre. Je crus comprendre qu'il s'agissait du chiffre quarante. Il paraît que la mort met quarante jours pour occuper tout le corps. Dans son cas, elle l'emporta assez vite.

J'eus beaucoup de mal à faire sa toilette. Les genoux repliés avaient fait un trou dans la cage thoracique. Les côtes étaient entrées dans les articulations. Impossible de déplier les jambes, ni les bras. Son corps était une boule tout osseuse. Il devait peser moins de quarante kilos. Il était devenu une petite chose étrange. Il n'avait plus rien d'humain. La maladie l'avait déformé. Avant même d'achever sa toilette, je fus bousculé par deux gardes qui déposèrent le corps dans une brouette et s'en allèrent après m'avoir remis dans ma cellule. J'avais le souffle coupé. Ils avaient disparu et je n'eus pas le temps de dire un mot.

4

C'est dans les épreuves pénibles que la plus plate des banalités devient exceptionnelle, la chose du monde la plus désirée.

Je compris tout de suite que nous n'avions aucun choix. Il fallait renoncer aux gestes simples et quotidiens, les oublier, se dire : « la vie est derrière moi », ou : « on nous a arrachés à la vie » et ne rien regretter, ne pas se lamenter ni espérer. La vie est restée de l'autre côté de la double muraille qui entoure le camp. C'est tout un apprentissage que de se défaire des habitudes de la vie, apprendre par exemple que les jours et les nuits sont confondus et qu'ils se ressemblent dans leur exécrable médiocrité. Renoncer à être comme avant : se lever le matin en pensant à la journée à venir et aux surprises qu'elle nous réserve. Se diriger vers la salle de bains, regarder son visage dans le miroir, faire une grimace pour se moquer du temps qui dépose, à notre insu, quelques traces sur la peau. Étaler la mousse sur les joues et se raser en songeant à autre chose. Chantonner peut-être ou siffloter. Passer ensuite sous la douche et y rester un bon quart d'heure pour le petit plaisir de recevoir une masse d'eau chaude sur les épaules, se frictionner avec un savon qui sent la lavande. Se sécher et enfiler un caleçon propre, une chemise bien repassée, choisir ensuite le costume, la cravate, les chaussures. Lire le journal en buvant un café… Renoncer à ces petites choses de la vie et ne plus regarder en arrière. Varier ce scénario et passer en revue tout ce qui ne nous arrivera plus. Ah, comment s'habituer à ne plus se brosser les dents, à ne plus sentir cette odeur agréable du fluor au fond de la bouche, à accueillir la mauvaise haleine, les odeurs que dégage un corps mal entretenu… J'utilisais la presque totalité des cinq litres d'eau qu'on nous donnait pour faire ma toilette. Me laver malgré les conditions fut pour moi un impératif absolu. Je pense que sans eau j'aurais craqué. Faire mes ablutions pour la prière et pour me sentir propre, ne pas m'essuyer avec la couverture, attendre que les gouttes d'eau sèchent.

Cet apprentissage fut long mais très utile. Je me considérais comme quelqu'un qui aurait été renvoyé à l'âge des cavernes et pour qui il fallait tout réinventer avec si peu de moyens.

Au début, pour me distraire, j'imaginais qu'une providence exceptionnelle produirait un miracle, un peu comme ces fins heureuses des films américains. Je pensais à des hypothèses plausibles : un tremblement de terre ; la foudre frappant d'un coup tous les gardiens au moment où ils s'installent sous un arbre pour fumer ; le chef du camp, le Kmandar, qui ferait éternellement le même rêve où une voix venue du ciel lui ordonnerait de désobéir à ses supérieurs et de nous libérer, sinon une punition divine s'emparerait de sa misérable vie… Mais la providence se moquait de notre sort. Elle riait de nous. J'entendais des rires gras et des éclats de colère.

Pendant que je rêvassais, deux gardes ouvrirent la porte de ma cellule, se précipitèrent sur moi et me fourrèrent dans un sac. Ils traînèrent le sac en direction de la sortie. Je gigotais, mes cris étaient étouffés par leurs commentaires :

« Celui-là, on va l'enterrer vivant. Ça vous apprendra à mieux vous tenir. »

Tous les détenus hurlèrent en frappant sur les portes. Je me débattais de toutes mes forces au fond de ce sac en matière très résistante. J'eus la présence d'esprit d'entamer la lecture de la Fatiha. J'eus une force exceptionnelle. Je criais les versets jusqu'à faire taire tout le monde. Arrivés au bout du couloir, ils lâchèrent prise. J'entendis un des gardes dire à son compagnon qu'ils s'étaient trompés.

« Non, nous avons accompli notre mission.

— Mais le Kmandar a insisté pour qu'il creuse lui-même sa propre tombe.

— Non, c'était une image. Il fallait juste leur faire peur.

— Je ne suis pas d'accord.

— Si, on n'a pas ordre de tuer, sauf en cas de tentative d'évasion.

— Imbécile, c'est ce qu'il fallait provoquer !

— Non, t'as rien compris.

— On s'expliquera chez le Kmandar. »

Pendant qu'ils se disputaient, je continuais à réciter le Coran. Ils ouvrirent le sac et me ramenèrent dans ma cellule.

En me retrouvant dans ma solitude, je fus pris d'un fou rire nerveux. Je n'arrivais pas à me retenir et à me calmer. Je riais, riais et tapais des pieds sur le sol. Je savais que c'était de la provocation et de l'intimidation.

L'épaule droite me faisait mal. En me débattant, j'avais dû me cogner contre une pierre. Ils avaient tous les droits sur nous. Qui les empêcherait de revenir et de s'en prendre à quelqu'un d'autre, de simuler une exécution, le jeter dans une fosse ou lui faire subir le supplice de l'immobilité ? C'est une punition courante dans l'armée : on enterre le corps ne laissant dépasser que la tête et on l'expose face au soleil l'été ou sous la pluie l'hiver, les mains et les pieds attachés.

Nos geôliers avaient peut-être dans leurs tablettes une série de mauvais traitements à nous faire subir au gré de leur fantaisie. Curieusement, quelques jours après, les deux gardes frappèrent à ma porte et me demandèrent de ne pas leur en vouloir :

« Tu sais, on s'est trompés. En fait, quand quelqu'un est malade ou mort, ordre nous a été donné de nous en débarrasser. Alors, un conseil : ne tombe pas malade. Si tu meurs, ce sera entre toi et Dieu. De toute façon, malade ou pas, d'ici on ne sort pas vivant. T'as intérêt à être en bonne santé. »

Je ne répondis rien. Ils me parlaient, mais en fait ils s'adressaient à tout le monde. Nous étions encore sous le choc du changement de prison. Puis je corrigeai mentalement : ici, je ne suis pas en prison. Ici, personne n'est un détenu avec une peine à purger. Je suis, nous sommes, dans un bagne d'où l'on ne sort pas. Cela me rappela l'histoire de Papillon, ce bagnard français qui avait réussi à s'échapper de la prison la plus dure du monde. Mais je ne suis pas Papillon. Je me moque éperdument de ce type et de son histoire. Ici nous sommes, je suis, je serai un résistant. Nous sommes en guerre contre un ennemi invisible qui se confond avec les ténèbres. J'ai dit « un ennemi » ? Je rectifie : ici, je n'ai pas d'ennemi. Il faut que je me persuade de ça : pas de sentiment, pas de haine, pas d'adversaire. Je suis seul. Et moi seul pourrais être mon propre ennemi. J'arrête. Je range tout ça dans une case et je n'y pense plus.

5

Se souvenir, c'est mourir. J'ai mis du temps avant de comprendre que le souvenir était l'ennemi. Celui qui convoquait ses souvenirs mourait juste après. C'était comme s'il avalait du cyanure. Comment savoir qu'en ce lieu la nostalgie donnait la mort ? Nous étions sous terre, éloignés définitivement de la vie et de nos souvenirs. Malgré les remparts tout autour, les murs ne devaient pas être assez épais, rien ne pouvait empêcher l'infiltration des effluves de la mémoire. La tentation était grande de se laisser aller à une rêverie où le passé défilait en images souvent embellies, tantôt floues, tantôt précises. Elles arrivaient en ordre dispersé, agitant le spectre du retour à la vie, trempées dans des parfums de fête, ou, pire encore, dans des odeurs du bonheur simple : ah ! l'odeur du café et celle du pain grillé le matin ; ah ! la douceur des draps chauds et la chevelure d'une femme qui se rhabille... Ah ! les cris des enfants dans une cour de récréation, le ballet des moineaux dans un ciel limpide, une fin d'après-midi ! Ah ! que les choses simples de la vie sont belles et terribles quand elles ne sont plus là, rendues impossibles à jamais ! La rêverie à laquelle je succombais au début était fausse. Je maquillais à dessein les faits bruts, je mettais de la couleur sur le noir dans le noir. C'était un jeu que je trouvais insolent. Et pourtant le calvaire pouvait être atténué par un peu de provocation. J'avais encore besoin de ces faux-semblants pour masquer l'indulgence dont j'étais atteint. Je n'étais pas dupe. Le chemin était rude et long, un chemin incertain.

Il fallait consentir à tout perdre et à ne rien attendre afin d'être mieux armé pour braver cette nuit éternelle, qui n'était pas tout à fait la nuit mais en avait les effets, l'enveloppe, la couleur et l'odeur.

Elle était là pour nous rappeler notre fragilité.

Résister absolument. Ne pas faillir. Fermer toutes les portes. Se durcir. Oublier. Vider son esprit du passé. Nettoyer. Ne rien laisser traîner dans la tête. Ne plus regarder en arrière. Apprendre à ne plus se souvenir. Comment arrêter cette machine ? Comment faire une sélection dans le grenier d'enfance, sans devenir totalement amnésique, sans tomber dans la folie ? Il s'agit de verrouiller les portes d'avant le 10 juillet 1971. Non seulement il ne faut plus les ouvrir, mais il est impératif d'oublier ce qu'elles cachent.

Je ne devais plus me sentir concerné par la vie d'avant ce jour fatal. Même si des images ou des mots venaient jusqu'à ma nuit et rôdaient autour de moi, je les renverrais, je les repousserais, parce que je ne serais plus en mesure de les reconnaître. Je leur dirais : Il y a erreur sur la personne. Je n'ai rien à faire avec ces fantômes. Je ne suis plus de ce monde. Je n'existe plus. Oui, c'est moi qui parle. C'est tout à fait cela : je ne suis plus de ce monde, du moins du vôtre, et pourtant j'ai gardé la parole, la volonté de résister, et même d'oublier. L'unique chose que je devrai éviter d'oublier, c'est mon nom. J'en ai besoin. Je le garderai comme un testament, un secret dans une fosse obscure où je porte le numéro fatidique : 7. J'étais le septième dans le rang au moment de l'arrestation. Cela ne voulait pas dire grand-chose.

Mes rêves étaient féconds. Ils me visitaient souvent. Ils passaient une partie de la nuit avec moi, disparaissaient, laissant au fond de ma mémoire des bribes de vie diurne. Je ne rêvais pas de libération, ni d'avant l'enfermement. Je rêvais d'un temps idéal, un temps suspendu entre les branches d'un arbre céleste. Si, dans la peur, c'est l'enfant en nous qui se réveille, ici c'étaient le fou et le sage en moi qui se révélaient d'ardents débatteurs : à qui m'emmènerait au plus loin de moi-même. J'assistais, souriant et paisible, à ce tiraillement entre deux excès.

Dès que les souvenirs menaçaient de m'envahir, je mobilisais toutes mes forces pour les éteindre, leur barrer la route. J'avais dû mettre au point une méthode artisanale afin de m'en débarrasser : il faut d'abord préparer le corps pour atteindre l'esprit ; respirer longuement par le ventre ; se concentrer en prenant bien conscience du travail respiratoire. Je laisse surgir les images. Je les encadre en chassant ce qui bouge autour d'elles. Je cligne des yeux jusqu'à les rendre floues. Je fixe ensuite l'une d'entre elles. Je la regarde longuement, jusqu'à ce qu'elle s'immobilise. Je ne vois plus que cette image. Je respire profondément, en pensant que ce que je vois n'est qu'une image qui doit disparaître. Par la pensée, j'introduis quelqu'un d'autre à ma place. Je dois me convaincre que je n'ai rien à faire dans cette image. Je me dis et me redis : ce souvenir n'est pas le mien. C'est une erreur. Je n'ai pas de passé, donc pas de mémoire. Je suis né et mort le 10 juillet 1971. Avant cette date, j'étais quelqu'un d'autre. Ce que je suis en ce moment n'a rien à voir avec cet autre. Par pudeur, je ne fouille pas dans sa vie. Je dois me tenir à l'écart, éloigné de ce que cet homme a vécu ou vit actuellement. Je me répète ces mots plusieurs fois, jusqu'au moment où je vois un inconnu occuper lentement ma place dans l'image que j'ai immobilisée. Cet inconnu a pris ma place auprès de cette jeune femme qui a été ma fiancée. Je sais que c'est elle, mon ancienne fiancée. Quand avons-nous rompu ? À l'instant où quelqu'un d'autre s'est glissé dans ce souvenir et s'est installé à côté d'elle, l'air heureux. Je n'avais aucun moyen d'entrer en contact avec elle. Mon isolement était total. Il ne me restait que la pensée pour communiquer avec le monde au-dessus de la fosse. Comment dire à ma fiancée de ne plus m'attendre, de faire sa vie et d'avoir un enfant, parce que je n'existais plus ? Il fallait être radical : je n'ai plus de fiancée. Je n'ai jamais eu de fiancée. Cette femme dans le souvenir est une intruse. Elle est entrée là par erreur ou par effraction. C'est une inconnue. Totalement étrangère à ma vie. Elle et l'inconnu qui a pris place dans l'image sont des étrangers pour moi. C'est une photo que j'avais dû prendre un jour où je me promenais dans un jardin public. Quel jardin ? Non. Même pas. Pourquoi me souviendrais-je d'une personne qui m'était inconnue ?

Je me répétais ces évidences jusqu'à fatiguer l'image, jusqu'à ce qu'elle s'évanouisse et tombe dans l'oubli. Ainsi, quand d'autres images essayaient de resurgir, je les annulais en faisant le geste de les brûler. Je me disais : elles ne me concernent pas, elles se sont trompées de case et de personne. C'est simple, je ne les reconnais pas et je n'ai pas à les reconnaître. Si elles insistaient, au point de devenir obsessionnelles, harassantes, je cognais ma tête contre le mur jusqu'à voir des étoiles. En me faisant mal, j'oubliais. Le coup sur le front avait l'avantage de briser ces images qui me harcelaient et voulaient m'attirer de l'autre côté du mur, de l'autre côté de notre cimetière clandestin.

À force de me cogner, ma tête avait enflé, mais elle était devenue légère, puisque vidée de tant et tant de souvenirs.

Ma cellule était une tombe. Un gouffre fait pour engloutir lentement le corps. Ils avaient pensé à tout. À présent, je comprenais mieux pourquoi ils nous avaient parqués, les premiers mois, dans une prison normale, à Kenitra. Normale, c'est-à-dire une prison d'où on peut sortir un jour, après avoir purgé sa peine. Des cellules d'où on peut voir le ciel, grâce à une fenêtre haut placée. Une prison avec une cour pour la promenade, où les détenus se rencontrent, se parlent et font même des projets. La prison de Kenitra est connue pour la sévérité de son régime, pour la dureté de ses gardiens. Là-bas, on enfermait les politiques. Une fois que j'ai connu Tazmamart, Kenitra, malgré tout ce qu'on en disait, m'apparaissait comme une prison presque humaine. Il y avait la lumière du ciel et un rayon d'espoir.

Dix ans. C'était la peine à laquelle nous étions condamnés. Nous n'étions pas des cerveaux, juste des sous-officiers exécutant des ordres. Mais, le temps que la fosse soit aménagée en mouroir, le temps que des ingénieurs et des médecins étudient toutes les éventualités pour faire durer les souffrances et retarder au maximum la mort, nous étions à Kenitra, prison terrible mais normale. Quand ils nous avaient transportés, la nuit, les yeux bandés, nous nous attendions à recevoir chacun une balle dans la nuque. Non. Pas de cadeau. La mort promise, certes, mais pas tout de suite. Il fallait endurer, vivre minute par minute toutes les douleurs physiques et toutes les cruautés mentales qu'ils nous faisaient subir. Ah ! la mort subite, quelle délivrance ! Un cœur qui s'arrête ! Un anévrisme qui se rompt ! Une hémorragie générale ! Un coma profond ! J'en étais arrivé à souhaiter une fin immédiate. Je repensais à Dieu et à ce que le Coran dit du suicide : Tout est entre les mains de Dieu. Ne pas haïr un mal qui pourrait être un bien. Celui qui se donne la mort ira en enfer et mourra à l'infini de la manière dont il s'est supprimé.

Le pendu se pendra éternellement. Celui qui se tue en se brûlant vivra dans les flammes pour toujours. Celui qui se jette dans la mer sera un noyé indéfiniment...

C'était une nuit chaude d'août 1973. J'avais du mal à m'endormir. J'entendais les battements de mon cœur. Cela me dérangeait. J'avais une appréhension confuse. Je dis quelques prières et m'allongeai sur le côté gauche pour ne plus entendre battre mon cœur. Vers trois heures, on ouvrit la porte de ma cellule. Trois hommes se précipitèrent sur moi, l'un attacha mes mains avec des menottes, un autre me mit un bandeau noir sur les yeux et le troisième me fouilla, prit ma montre et le peu d'argent que j'avais sur moi. Il me poussa dans le couloir où j'entendis les cris d'autres hommes qui subissaient le même traitement. On nous rassembla dans la cour. Les moteurs des camions étaient en marche. Ils firent l'appel. À son nom et numéro matricule, il fallait avancer. Un soldat me poussa jusqu'à la petite échelle pour monter dans le camion. Certains protestaient. On ne leur répondait pas. En quelques minutes, nous fûmes tous dans les camions bâchés, en route pour une destination inconnue. Mourir. C'était peut-être l'heure d'en finir. Partir les yeux bandés et les mains empêchées de bouger. L'image de l'exécution sommaire. On y pensait tous. Mon voisin priait et disait même sa profession de foi, les dernières paroles avant la mort : « J'atteste qu'il n'y a de Dieu qu'Allah et que Mohammed est son prophète. » Il répétait cette phrase de plus en plus vite, jusqu'à ne plus rien distinguer. Les mots n'étaient plus prononcés mais ânonnés. Nous étions secoués comme des cageots de légumes. Le camion ne devait plus rouler sur la route goudronnée. Les militaires n'aiment pas qu'on remarque leurs déplacements, ni qu'on devine leurs intentions. Le voyage avait duré tellement d'heures que j'avais renoncé à compter le temps. J'eus l'impression un moment que les véhicules tournaient en rond.

Dans le noir, les images étaient blanches. Elles se succédaient à un rythme accéléré. Tout repassait sur mon écran : la lumière insoutenable de Skhirate, le sang séchant au soleil, la grisaille du tribunal, l'arrivée à la prison de Kenitra et surtout le visage de ma mère que je n'avais pas vue depuis plus de deux ans mais qui m'apparaissait parfois en rêve.

Bien sûr, moi aussi, je pensais que ce voyage vers l'inconnu était celui de notre mort. Curieusement, cela ne me faisait pas peur. Je ne cherchais même pas à savoir où nous étions. L'armée pouvait-elle se débarrasser de cinquante-huit personnes, les faire disparaître dans une fosse commune ? Qui se lèverait pour prendre notre défense et réclamer justice ? Nous vivions un état d'exception. Tout était possible. Il valait mieux arrêter là les spéculations. Les camions continuaient à tourner en rond. D'après le bruit du moteur, nous devions monter une côte, peut-être étions-nous sur une montagne. Il faisait chaud. L'air était irrespirable. Nous étouffions. La bâche, trop épaisse, laissait passer la poussière mais peu d'air. J'avais soif. Nous avions tous soif. Comme nous réclamions de l'eau avec insistance, le sous-officier qui était à côté du chauffeur hurla : « Vos gueules, sinon je les ferme avec du sparadrap ! » Nous arrivâmes à destination la nuit. L'air était frais, cette fraîcheur qui succède à la grosse chaleur du jour. Nous entendîmes des voix que nous ne comprenions pas. D'autres militaires devaient prendre la relève. Nous fûmes partagés en deux groupes. Je compris qu'au bâtiment A il y avait quelques gradés. Moi, j'étais affecté au bâtiment B. Nous avions toujours les yeux bandés et les mains attachées. Ce ne fut que le lendemain que des gardes vinrent nous détacher et enlever le bandeau.

Hélas, quand on enleva le mien, je ne vis que du noir. Je crus que j'avais perdu la vue. Nous étions dans un bagne conçu pour être éternellement dans les ténèbres.

6

Je me disais :

« La foi n'est pas la peur. Le suicide n'est pas une solution. L'épreuve est un défi. La résistance est un devoir, pas une obligation. Garder sa dignité est un impératif absolu. C'est ça : la dignité, c'est ce qui me reste, ce qui nous reste. Chacun fait ce qu'il peut pour que sa dignité ne soit pas atteinte. Voilà ma mission. Rester debout, être un homme, jamais une loque, une serpillière, une erreur. Je ne condamnerai jamais ceux qui flanchent, abandonnent le combat, ceux qui ne supportent pas ce qu'on leur fait endurer, finissent par céder sous la torture et se laissent mourir. J'ai appris à ne jamais juger les hommes. De quel droit le ferais-je ? Je ne suis qu'un homme, semblable à tous les autres, avec la volonté de ne pas céder. C'est tout. Une volonté cruelle, ferme, et qui n'accepte aucun compromis. D'où vient-elle ? De très loin. De l'enfance. De ma mère, que j'ai toujours vue se battre pour nous élever, mes frères et sœurs. Jamais renoncer. Jamais baisser les bras. Ma mère ne comptait plus sur notre père, un bon vivant, un monstre d'égoïsme, un dandy qui avait oublié qu'il avait une famille et dépensait tout l'argent chez des tailleurs qui lui confectionnaient une djellaba en soie par semaine. Il faisait venir ses chemises d'Angleterre et ses babouches de Fès. Il faisait venir son parfum tantôt d'Arabie Saoudite, tantôt de Paris, et se pavanait dans les palais de la famille du pacha El Glaoui. Pendant ce temps-là, ma mère trimait, travaillait tous les jours de la semaine pour que nous ne manquions de rien. On avait le strict nécessaire. Seul le petit dernier, celui qu'elle appelait « le petit foie », avait le droit d'être gâté. Ma mère perdait sa sévérité face à son petit prince, étonnant enfant à l'intelligence lumineuse et aux caprices innombrables. Il avait droit à tout, même à une moto pour ses quinze ans ; et l'aveu fait à table entre deux éclats de rire : « Maman, je préfère les hommes aux femmes ; je suis amoureux de Roger, mon prof de lettres ! » Ah ! le petit prince ! Nous l'aimions tous, peut-être parce que notre mère l'adorait, et que nous ne voulions pas la contrarier ou contester sa façon d'avoir de la joie et du bonheur avec cet enfant. Elle était émerveillée par sa beauté et par son exceptionnelle vivacité. Le jour où elle a renvoyé mon père de la maison, elle nous a tous réunis et nous a prévenus : « Pas de fainéant chez moi, pas de dernier de la classe ; à présent, je suis votre mère et votre père ! »

Quand il épousa ma mère, mon père était bijoutier dans la Médina de Marrakech. Il avait hérité cette boutique de son oncle maternel qui n'avait pas eu d'enfant et le considérait comme son propre fils. Il passait son temps à lire et à apprendre par cœur les grands poètes arabes. Il ne s'arrêtait que pour faire du charme aux belles femmes qui venaient devant sa vitrine admirer les bijoux exposés. Il était connu pour son besoin de séduction et son mauvais sens du commerce. De toute façon, il se destinait à enseigner les lettres à l'université El Qaraouiyne à Fès. Mais dès que son père fut appelé à la cour du pacha El Glaoui, il ferma la boutique et le suivit dans le palais où il donnait des cours de langue arabe aux enfants et petits-enfants du pacha.

Cela se passait au début des années cinquante. Le pacha était l'ami et collaborateur des Français. Mon père devait faire semblant de ne pas être au courant de ce qui se disait dans les milieux nationalistes, comme son propre père qui disait ne pas faire de politique.

Ce père, que j'ai peu connu, était en fait un poète, ami des poètes, aimant l'élégance et le faste, l'amitié des puissants et le plaisir de les faire rire. Il n'avait pas le sens de la famille et ne se sentait en rien responsable de ses nombreux enfants. À cause de sa mémoire phénoménale, de son humour spontané et toujours très vif, à cause de sa culture traditionnelle – il était capable de réciter des milliers de vers de Ben Brahim sans se tromper –, il devint vers la fin des années soixante le bouffon puis l'ami du roi. J'étais déjà dans l'armée quand un de mes frères m'apprit la nouvelle : « Le roi ne veut plus se séparer de notre père. Ils sont devenus des amis intimes ! Du coup, on ne le voit plus. Il est tout le temps au palais. Même quand le roi voyage, il l'emmène avec lui. »

Ainsi le dandy de Marrakech, le séducteur donjuanesque, la mémoire vivante de la poésie populaire, celui qui avait tant fait souffrir ma mère, celui qui ne pensait qu'à son plaisir, le bijoutier de la Médina, nostalgique de la cour du pacha El Glaoui, cet homme qui serait capable de ne pas reconnaître un de ses enfants s'il le rencontrait dans la rue, celui qu'on appelait « le savant », « le maître », n'était au fond qu'un bouffon du roi. Pour ma mère, cet homme n'existait plus. Elle avait décidé de vivre comme s'il était mort. Elle n'en parlait jamais. Quant à nous, il nous était interdit d'évoquer ce père absent, homme se préoccupant plus d'assortir la couleur de ses babouches à celle de sa djellaba que de la scolarité chaotique de son dernier enfant.

Servir le roi. Être à ses pieds. Être à ses ordres. Ne pas fermer l'œil avant lui. Lui raconter des histoires, le faire rire quand son moral est bas. Trouver les mots justes, les mots convenant à la situation. Renoncer à avoir une vie à soi. Être en permanence à la disposition de son humeur. Et, par-dessus tout, ne jamais cesser d'avoir de l'humour.

Malgré le burlesque de la fonction, il jouait un rôle important auprès du roi. Certaines personnes de l'entourage royal confiaient à mon père des doléances qu'il devait transmettre à son maître quand celui-ci se montrait prêt à les entendre. On se renseignait auprès de lui sur l'état de son humeur. Mon père affichait un large sourire pour faire passer le message : Sa Majesté est de bonne humeur aujourd'hui !

Il était un bouffon, et il devait en être très fier. C'était le couronnement d'une longue carrière. C'était la réalisation d'un autre rêve : être pour le roi ce que son père avait été pour le pacha El Glaoui. J'évoque cet homme parce qu'il s'était souvenu que j'étais son fils, le 10 juillet 1971. Il était parmi les invités, dans cette party d'anniversaire au palais de Skhirate, là où des corps de dignitaires, des diplomates, des hommes du pouvoir allaient tomber comme des mouches sous le mitraillage de toute une section de jeunes élèves officiers. Moi, je n'ai pas tiré. J'étais en état de choc. La folie s'était emparée de nous, et nous étions révoltés, dégoûtés et déjà cassés, peut-être morts, et nous ne le savions pas. C'était cela que j'avais compris. J'étais mort à l'instant même où je fis mon entrée dans le palais d'été. J'étais mort et je ne le regrettais pas. Tout tournoyait autour de moi : les gens, les tables, les armes, le sang dans l'eau de la piscine, les étoiles du matin, et surtout le soleil, qui ne cessait pas de nous poursuivre.

Quelques jours après, dès que mon père apprit que je faisais partie des assaillants, il se griffa les joues pour signifier la honte, se jeta aux pieds du roi, les baisa en pleurant. Lorsque la main du roi le fit se relever, il me renia en ces termes :

« Dieu m'a donné un fils, il y a vingt-sept ans. Je demande à Dieu de le reprendre. Qu'Il le rappelle à Lui et le jette en enfer. Au nom d'Allah le Tout-Puissant, en mon âme et conscience, en toute sérénité, je renie ce fils indigne, je le voue aux gémonies, à l'oubli éternel, je lui arrache mon nom, je le jette dans la fosse des immondices pour que les rats et les chiens enragés lui déchirent le cœur, les yeux, le foie, et le découpent en morceaux à jeter dans la mer de l'oubli définitif. Dieu m'est témoin, et vous, Majesté, m'êtes témoin, je dis et redis : ce fils n'est plus le mien. Il n'existe plus. Il n'a jamais été. Puisse Votre Majesté me jeter moi aussi dans le grand océan de l'oubli, parce que j'ai été sali par cette indignité, et que je ne mérite plus d'être votre serviteur, votre esclave ; chassez-moi, dites-moi un seul mot et vous ne reverrez plus jamais ce visage qui n'ose vous regarder en face, ce visage qui n'est plus rouge, qui a perdu ses traits et est devenu la honte même. Pour moi, ce fils indigne est mort. Qu'on le ramène à la vie pour qu'il souffre, pour qu'il paie jusqu'à sa dernière heure l'innommable offense qu'il a tenté de faire à la royauté, à Dieu et à son humble serviteur. Je le renie, je le renie, je le renie ! Je le maudis, je le maudis, je le maudis ! Comment, ô mon Dieu, réclamer ton pardon ? Comment, ô Majesté, solliciter votre aide, non pas pour sauver cet homme, qui a trahi Dieu, qui a poignardé la patrie et a eu l'extrême audace, l'inimaginable folie, de vouloir attenter à votre vie, aussi noble, aussi bonne, aussi haute que le ciel, vous, Commandeur des croyants, vous, descendant direct de notre Prophète, comment, Majesté, solliciter votre aide pour continuer de vivre, de ne plus avoir les yeux baissés, les yeux meurtris par l'offense, l'injure, la trahison de sa propre progéniture ? Ô mon maître, ô notre seigneurie, Votre Majesté, je me livre à vous, les mains attachées. Que Sa Majesté fasse de son esclave ce qu'elle veut. Je suis à elle. Je n'ai plus de famille. Je n'ai plus d'enfants. Je suis aux pieds de Sa Majesté ! »

Le roi murmura un ordre et disparut, laissant mon père effondré, accroupi, les mains devant, signe de la plus grande soumission.

Je ne pense pas que le roi était en état d'entendre autre chose. Je sus plus tard qu'il demanda à mon père de lui tenir compagnie la nuit dorénavant et de lui réciter des poèmes de Ben Brahim jusqu'à l'arrivée du sommeil. Cela se passait tard dans la nuit, entre quatre et cinq heures. Mon père, après s'être assuré que son maître tombait lentement de l'autre côté de la nuit, se levait et, sans faire de bruit, sortait de la chambre à reculons, sur la pointe des pieds.

Tout cela, je ne l'ai su que quelques mois après ma sortie du bagne.

À présent, je me pose la question qui m'a hanté durant dix-huit ans sans jamais oser la formuler, de peur de devenir fou ou d'attraper la mélancolie tueuse, celle qui s'était emparée de certains et les avait poussés à dépérir lentement. La question ne me fait plus peur aujourd'hui. Je la trouve même inutile, mais pas inintéressante : en débarquant avec les autres cadets dans le palais d'été du roi, qui cherchais-je à tuer : le roi ou mon père ?

7

Retour à la fosse. L'obscurité est totale. Même l'ouverture dans le plafond est indirecte. L'air entre, mais nous ne voyons pas la lumière.

Karim portait le numéro 15. C'était un petit gros, originaire d'El Hajeb. Cette région a fourni un grand nombre de soldats, de sous-officiers et même d'officiers. Chez lui, on était militaire de père en fils. Il n'avait pas le choix. Tous ses frères étaient de simples soldats. Lui voulait devenir officier. L'école d'Ahermemou était ce dont il rêvait quand il faisait sa formation dans la caserne d'El Hajeb.

C'était quelqu'un qui parlait peu, souriait encore moins, mais était obsédé par une seule chose : le temps. Il pouvait dire l'heure à la minute près, de jour comme de nuit. Il était donc tout désigné pour être notre calendrier, notre horloge et notre lien avec la vie laissée derrière nous ou au-dessus de nos têtes. Il craignait, s'il entamait une discussion avec l'un d'entre nous, de perdre le fil du temps. Certains s'amusaient à le mettre à l'épreuve : « Quelle heure est-il ? », et surtout : « Quel jour et quel mois sommes-nous ? »

Comme si on avait appuyé sur un bouton, l'horloge parlante se mettait en branle : « Nous sommes en 1975, le 14 mai, il est exactement neuf heures trente-six minutes du matin. »

Je proposai aux compagnons de ne plus le déranger

inutilement : il donnerait l'heure trois fois par jour, juste pour que nous puissions nous orienter mentalement dans le trou noir, et avoir l'illusion que nous avions la maîtrise du temps.

Karim avait trouvé là un travail qui l'occupait en permanence. Il était pour nous le Temps, sans l'angoisse qu'engendrait la poursuite aveugle d'un fantôme découpé en minutes, puis en heures, ensuite en jours… Il était calme et serein. Être le gardien du temps qui passe lui donnait l'illusion de ne pas appartenir au groupe. Il n'avait aucune prétention ni arrogance. Il avait trouvé sa place dans les ténèbres. Sa discrétion et sa ponctualité nous impressionnaient. Il ne faisait aucun commentaire sur la situation. Il était devenu le calendrier et l'horloge, et pour rien au monde il n'aurait abandonné ce poste. C'était sa façon de survivre : s'absenter en surveillant le rythme d'un temps qui nous était interdit. Curieusement, le fait d'être devenu esclave du temps l'avait rendu libre. Il était hors d'atteinte, complètement enfermé dans sa bulle, débarrassé de tout ce qui pouvait le dissiper et lui faire perdre le fil de sa comptabilité. Il était obligé d'être méthodique et rigoureux. C'était sa mission, sa bouée de sauvetage.

Quant à moi, je sus très vite que l'instinct de conservation ne m'aiderait pas à survivre. Cet instinct que nous avons en commun avec les animaux était lui aussi brisé. Comment se maintenir en vie dans ce trou ? À quoi bon traîner ce corps jusqu'à la lumière, un corps cassé, défiguré ? Nous étions mis dans des conditions étudiées pour empêcher notre instinct d'entrevoir l'avenir. Je compris que le temps n'avait de sens que dans le mouvement des êtres et des choses. Or, nous étions réduits à l'immobilité et à l'éternité des choses matérielles. Nous étions dans un présent immobile. Si quelqu'un avait le malheur de regarder en arrière ou de se projeter dans le futur, il précipitait sa mort. Le présent ne laissait d'espace que pour son propre déroulement. S'en tenir à l'instant immuable, et ne pas y penser. Avoir compris cela m'a sans doute sauvé la vie.

Jamais je n'aurais pensé qu'un simple balai pouvait rendre autant de services. Les gardes refusaient d'entrer dans la fosse pour balayer nos détritus. À nous de faire le ménage à tour de rôle. Les gardes ouvraient la porte d'un box et s'en allaient. Ils disaient qu'ils ne voulaient pas être contaminés par nos microbes. Nous étions sales, non rasés, et tout était maintenu dans un état de saleté propice à toutes les maladies. Pendant qu'il balayait, Lhoucine, le numéro 20, poussa un cri, presque un cri de joie. Il vint vers ma cellule et me dit :

« Tu sais, le balai a un embout en fer !

– Et alors ? C'est pour ça que tu cries ?

– Mais c'est du métal ! Si j'arrive à le retirer, on pourra en faire un couteau, puis un rasoir… »

Ce fut ainsi que, durant une dizaine de jours, Lhoucine et moi travaillâmes à tour de rôle le bout de fer. Nous l'avons aplati, puis aiguisé sur une pierre dure. Quand la lame fut devenue fine et tranchante, nous décidâmes de nous couper les cheveux, et certains la barbe, à tour de rôle. Entre-temps, Abdallah, le numéro 19, avait récupéré l'embout d'un autre balai. Je connaissais l'expression « se faire raser sans eau », pour dire de quelqu'un qu'il s'est fait avoir sévèrement. Dans mon cas, ce n'était pas du figuré : je me suis rasé sans savon et avec très peu d'eau. Ma barbe était épaisse. Je la coupai touffe par touffe. Évidemment, je n'avais pas de miroir. Et même si j'en avais eu un, il n'y avait pas de lumière. Je me rasais comme un aveugle. J'étais devenu aveugle. Et comment me prouver le contraire ? Je voyais sans voir. J'imaginais plus que je ne voyais.

La lame circula de main en main. L'opération coiffure dura un bon mois. Avec l'autre lame, Lhoucine, le plus adroit de nous tous, fabriqua cinq aiguilles. Il passait des heures à aiguiser la lame, jusqu'à la rendre très fine, tellement fine qu'il en découpait, avec l'autre lame-rasoir, des bouts, où il arrivait même à creuser un minuscule trou pour faire passer le fil.

Nous avions froid et aucun habit de rechange. Nous étions légèrement habillés au moment de notre arrestation. C'était le mois de juillet et nous avions gardé nos vêtements d'été.

Nous eûmes la présence d'esprit de conserver la chemise et le pantalon de ceux qui mouraient. À présent que nous avions une aiguille, nous pouvions recoudre les parties déchirées, et même confectionner deux ou trois gilets pour les plus faibles.

Le froid était un ennemi redoutable. Il nous attaquait avec une rigueur qui nous donnait la tremblote ou la diarrhée. Cela ne s'explique pas. En principe, le froid ne provoque pas de diarrhée, la peur si. Quand le grand froid arrivait, nos mains devenaient rigides, et les articulations se figeaient aussi. On ne pouvait même pas se frotter les mains ou les passer sur le visage. Nous avions la raideur des cadavres. Il fallait se mettre debout ; je me levais, tête et épaules baissées. Je restais parfois accroupi et je marchais dans la cellule en suivant la diagonale. Le grand froid m'empêchait de raisonner. Il me faisait entendre des voix amies. Comme un mirage pour l'homme perdu dans le désert. Le très grand froid brouillait toutes les pistes. C'était une perceuse électrique creusant des trous dans la peau. Le sang ne giclait pas. Il avait gelé dans les veines. Surtout ne pas fermer l'œil, surtout ne pas dormir. Ceux qui eurent l'extrême faiblesse de se laisser gagner par le sommeil moururent en quelques heures. Le sang ne circulait plus dans les veines. Il était gelé. De la glace dans le cerveau et dans le cœur. Rester éveillé, bouger les pieds, sautiller, parler, se parler, c'était ainsi qu'on luttait contre le grand froid. Ne plus penser à sa morsure, la nier, la refuser.

Baba, le Sahraoui qui nous rejoignit un soir, mourut gelé. Ils étaient deux, grands et minces. L'autre s'appelait Jama'a. Il ne parlait pas. Ils étaient arrivés exténués, probablement après avoir subi des tortures. Ils marchaient avec peine. Un garde les jeta chacun dans une cellule et cria :

« Fils de pute, je vous amène de la compagnie, de plus grands fils de pute que vous, puisque ce sont des traîtres encore plus traîtres que vous. Ils disent que le Sahara n'est pas marocain. »

Nous n'étions pas au courant de cette histoire de Sahara. Nous étions au secret, et les rares fois où nous eûmes quelques informations, c'était quand des gardes voulaient bien nous parler de leurs amis au front. Durant la Marche verte, nous étions sous terre. De temps en temps, un garde nous menaçait :

« Vous pourriez être utiles : marcher en avant pour baliser la route semée de mines posées par ces salopards de traîtres, ces mercenaires qui sont payés par l'Algérie pour nous piquer notre Sahara. Au moins, là, si quelqu'un saute en l'air après avoir marché sur une mine, ce ne sera pas un de nos vaillants soldats, mais l'un d'entre vous, un traître à la patrie. »

La mort de Baba nous occupa quelques jours. Les gardes crurent qu'il dormait. Son voisin de cellule leur dit qu'il n'entendait plus sa respiration. Du bout de leur arme, ils tentèrent de le réveiller. Il ne bougeait plus. Il était bien mort. Un des gardes dit quand même : « Nous sommes à Dieu et à Lui nous retournons. » Nous entamâmes la lecture du Coran à voix haute. Ne supportant pas cette litanie funèbre, ils nous laissèrent. Le ciel était d'un gris foncé. Il pleuvait. L'enterrement fut bâclé. Il faisait un peu moins froid dehors qu'à l'intérieur.

Baba était arrivé enveloppé dans une tunique bleue. Elle était large et longue. C'était la tenue traditionnelle des gens du désert. Nous l'avions récupérée, plus précisément arrachée des mains des gardes. Avec ce tissu, Lhoucine et moi avions confectionné trois pantalons, cinq chemises et quatre caleçons. Comment ne pas penser que sa mort fut bénéfique pour ceux qui lui survivaient? Nous l'avions béni et avions prié longuement pour le salut de son âme. Il était venu de l'extrême sud du Maroc pour mourir parmi nous. Jama'a avait un visage dur, fermé. Lorsqu'il se rendit compte du lieu où il se trouvait, comprenant que cette fosse était notre tombe commune, il poussa un cri très puissant et très long. Il se mit ensuite à chanter des chants de sa tribu, puis il sombra pendant plusieurs jours et nuits dans un silence profond. Il ne dormait pas. Gêné par sa grande taille, il était accroupi, et, de temps en temps, murmurait des phrases incompréhensibles.

Quand il entendit Karim dire le mois, le jour et l'heure, il fut apaisé. Du coup il nous parla :

« J'ai crié, l'autre jour, parce que je n'arrivais pas à savoir si nous étions le jour ou la nuit. Il y a de quoi devenir fou. Je sais à présent ce qui se passe. Excusez-moi, mes frères, pour ce cri qui a dû vous faire mal aux oreilles. J'avais la rage. Nous nous sommes fait prendre bêtement. Un piège. Une trahison. Après la mort de Baba, l'être que j'aimais le plus au monde, tout m'est égal. J'ai cru en la révolution. Nous pensions même entraîner avec nous le peuple marocain. Mais nous nous sommes trompés, nous avons été manipulés par des Algériens, des Cubains... Moi, je suis né à Marrakech. Je suis comme vous. Quand on est venu me chercher, j'étais enthousiaste. On m'a dit : "La révolution vient toujours du sud." Alors je suis allé au sud, j'ai changé de nom et je suis devenu un combattant de l'armée sahraouie. »

Il parlait pour ne pas s'endormir. Et nous, nous l'écoutions. Moi, je pensais à autre chose. Je rêvais de récupérer un morceau de sa tunique bleue. J'avais tout donné aux autres, et j'avais froid et très mal aux testicules. J'essayais de les réchauffer avec mes mains, mais mes articulations étaient quasiment bloquées, mes mains ne pouvaient pas tenir longtemps mes organes génitaux. Au moins, avec un peu de tissu, je ferais une sorte de pansement et les couvrirais ainsi. J'attendis qu'il termine son histoire pour le lui demander. Quand, dans le silence des ténèbres, j'entendis le joli bruit d'un tissu qu'on déchire, je sautai de joie, me cognant la tête au plafond. Il me dit :

« J'en fais une boule et je la lance. »

Comme dans les films à suspens, la boule de tissu ne tomba pas dans ma cellule, mais juste devant. Comment faire pour la récupérer ? Avec quel objet ? Si les gardes la voient, ils la confisqueront. Lhoucine me rappela qu'on avait gardé le balai, qui me parvint en passant de cellule en cellule. Ensuite débuta la recherche du tissu. Un balai aveugle entre des mains aveugles ! J'étais à plat ventre, sortant lentement le manche du balai, afin qu'il détecte ou rencontre ce morceau de tissu. Au bout d'une bonne heure, l'opération réussit, et, à mon tour, je poussai le cri sahraoui, qui ressemble au cri des Indiens quand ils emportent une victoire sur l'armée américaine.

Cette nuit-là, je ne dormis pas. Je m'enveloppai dans la pièce de tissu qui protégeait un peu du froid. Le lendemain, je me mis au travail et confectionnai ce dont j'avais besoin dans la lutte contre le grand froid.

8

Dans la vie, quand un café est mauvais, on a l'habitude de dire : « C'est du jus de chaussettes. » Au début de notre enfermement, j'utilisais cette expression. Elle n'était pas juste. Le jus de chaussettes a un goût, une odeur, certes mauvaise, mais on peut le boire et même en redemander. Ce qu'on nous servait le matin, c'était de l'eau tiède mélangée à un féculent brûlé en poudre. Impossible de repérer lequel. Peut-être des pois chiches, peut-être des haricots rouges. Ce n'était pas du café, ni du thé. La question restait sans réponse, cela tombait dans l'estomac comme un produit fait pour provoquer des vomissements. Un lavement ? Une pisse de chamelle mélangée à l'urine du commandant ? On l'avalait et on ne se demandait plus ce que c'était.

Le pain. Oui, on avait droit à du pain blanc comme de la chaux. Calories minimum garanties pour ne pas mourir de faim. J'ai souvent imaginé un médecin en train de calculer le nombre de calories dont nous avions besoin, de faire un rapport tapé à la machine par une secrétaire au rouge à lèvres vif et à la coiffure en chignon classique, et de le porter à l'officier qui le lui avait réclamé. Le pain était en forme de roue de voiture. Dur. Épais. Sans goût. Avec ce pain lancé adroitement, on peut tuer quelqu'un. Ce pain, c'était du béton. On ne le coupait pas, on le cassait. On ne le mâchait pas, on le croquait. Comme la plupart d'entre nous avaient une mauvaise dentition, manger ce pain était une épreuve supplémentaire. Certains gardaient le jus du matin pour y tremper leur ration de pain. D'autres le cassaient en petits morceaux et versaient dessus le plat de féculents quotidien.

Féculents. Ô féculents ma tristesse, mes compagnons, mes visiteurs, mon habitude forcée, ma survie, ma haine intime, mon amour usé, brûlé, jeté, ma ration de calories, ma folie obsessionnelle ! Féculents que je mange et que j'expulse de mon estomac avec quelque chose qui ressemble à du plaisir.

Féculents matin et soir. C'était comme l'ordonnance d'un médecin. Surtout pas de changement. Pas de variété. Il faut que le corps s'habitue aux mêmes féculents jusqu'à la mort. Pain rassis et féculents cuits à l'eau, sans épices, sans huile. Une fois par semaine, ils étaient cuits dans du gras de chameau. Cela puait. Je mangeais en me bouchant le nez. Je préférais – si ce mot avait encore un sens dans ce trou – les féculents cuits à l'eau.

Nous étions tous au même régime : les mêmes féculents servis jusqu'à ce que mort s'ensuive.

Ainsi, durant dix-huit ans, plus précisément durant six mille six cent soixante-trois jours, je n'ai été nourri que de féculents et de pain dur. Jamais de viande. Jamais de poisson. Nourri n'est pas le mot. Maintenu en survie. J'ai oublié assez vite la cigarette. Je n'ai même pas connu ce manque terrible qui rendit fou Larbi, le numéro 4. Il hurlait, déchirait son unique chemise, appelait les gardes, leur proposait n'importe quoi contre une cigarette. Il disait :

« Même si tu refuses de me donner une cigarette, viens fumer à côté de moi, laisse-moi inhaler cette fumée qui me manque tant. Prends tout ce que tu veux… Oui, je sais, je n'ai rien… Peut-être mon cul… Je te le donne, il n'y a que des os, mais une bouffée, juste une bouffée, puis tu m'achèves, tu me fous une balle dans le cul, je partirai comme une fusée rejoindre l'enfer des fumeurs éternels. Viens, oublie que nous sommes ennemis, rappelle-toi, nous sommes du même bled, pour une cigarette tu pourras aller chez moi et on te donnera de l'argent et des habits… »

Le pauvre Larbi fit la grève de la faim et se laissa mourir. Durant un mois, on entendit ses gémissements à voix basse :

« Je veux mourir. Pourquoi la mort est si lente à venir ? Qui la retient, qui l'empêche de descendre et de glisser sous la porte de ma cellule ? C'est le moustachu, le garde inhumain. Il lui barre le chemin. Qu'il est dur de mourir, quand on réclame la mort ! Elle est indifférente à mon sort. Mais laissez-la passer, faites-lui bon accueil ! Cette fois-ci, c'est moi qu'elle vient prendre. Elle me libère. Attention les autres, ne la captez pas au passage. Je la vois, elle a enfin répondu à mon appel. Adieu, les cadets, adieu, les révolutionnaires, adieu, les copains ! Je m'en vais, c'est sûr, je m'en vais, et là-bas je fumerai une cigarette interminable… »

La mort lui fit faux bond. Elle ne l'emporta qu'une bonne semaine après cette nuit où il crut l'avoir vue. Larbi était un brave type, angoissé depuis toujours, serviable et un peu simple d'esprit. En classe, à Ahermemou, il était parmi les derniers. Juste avant le coup d'État, il devait être déclassé et renvoyé à El Hajeb, où il aurait été un sous-officier. C'était une question de jours. Il n'arrivait pas à suivre. Son dossier avait été oublié, et, le jour du départ, il monta dans le camion avec les autres, sans savoir ni où il allait, ni pour quoi faire. Quand il fumait une cigarette, on aurait dit qu'il la mâchait. Ce devait être son seul plaisir.

Il avait tellement maigri qu'il ne ressemblait plus à un être humain. Ses yeux étaient exorbités et injectés de sang. Il y avait de la mousse à la commissure de ses lèvres. On pouvait lire sur ce visage osseux toute la détresse et toute la haine du monde. Gharbi, l'Ustad, récitait le Coran pendant qu'on l'enterrait. La lumière était terrible, je veux dire superbe, magnifique. C'était le printemps. Je remplis mes yeux et mes poumons de cette lumière. Tout le monde fit de même. Gharbi s'arrêta quelques minutes, ferma les yeux, respira profondément puis ouvrit la bouche comme s'il mangeait de l'air. Les gardes nous laissèrent profiter un peu plus de cet enterrement. Nous dîmes merci à Larbi, nous dîmes : « Adieu, au revoir, à bientôt ! Nous nous retrouverons là-bas, nous nous soumettrons à Dieu et à sa clémence, nous sommes à Lui, et à Lui nous retournons. » Là-dessus, je n'avais aucun doute. Je n'appartenais pas au roi, ni au commandant du cimetière souterrain, ni aux gardes armés jusqu'aux dents. Je n'appartenais qu'à Dieu. Lui seul recevra mon âme et me jugera. La cruauté de ces militaires ne me concernait plus. Je croyais de plus en plus en Dieu, Allah le Tout-Puissant, Allah le Miséricordieux, le plus grand, le Très Clément, Celui qui connaît la terre et les cieux, Celui qui sait ce qu'il y a dans les cœurs et où vont les âmes.

Cette lumière, en ce jour d'avril, était un signe de sa bonté. J'étais ensuite serein, apaisé, et prêt à retourner dans mon trou.

Je me proposai comme volontaire pour nettoyer la cellule de Larbi. Pour vaincre les puanteurs de merde et de vomi, je repensais à la lumière et au printemps. Je n'avais même pas besoin de retenir ma respiration. J'étais là et j'étais ailleurs en même temps. Je chantonnais comme si j'étais joyeux. J'avais décidé de répudier la tristesse et la haine, ainsi que je l'avais fait du souvenir.

Je lavais le sol où des croûtes de pain mélangées aux féculents avaient fermenté. Il y avait une odeur de vomi et de moisissure. L'odeur devait avoir une couleur. Je l'imaginais verdâtre avec des taches rousses.

Peut-être que tout était noir et que je m'embêtais à mettre de la couleur là où il n'y avait que grisaille et pourriture.

Ce fut pour moi un bon exercice. De retour à ma cellule, je fis ma toilette et sentis un petit bien-être. On aurait dit que le confort consistait à ne pas respirer la nourriture fermentée.

9

La plupart de ceux qui sont morts ne sont pas morts de faim mais de haine.

Avoir la haine diminue. Elle mine de l'intérieur et attaque le système immunitaire. Quand on porte en soi la haine, elle finit toujours par vous broyer. Il a fallu cette épreuve pour que je comprenne une chose aussi simple. Je me souviens d'un instructeur à l'école d'Ahermemou qui était méchant, mauvais et triste. Il avait les yeux jaunes. C'est la couleur de la haine. Un jour, il ne vint pas au cours. On apprit qu'il était à l'hôpital pour une longue période. Je ne sais plus ce qui lui était arrivé, mais on disait qu'il avait été ensorcelé par une femme de la montagne dont il avait violé la fille.

Comment ne pas avoir la haine, avec tout ce qu'on nous faisait subir ? Comment être plus grand, plus noble que ces tortionnaires sans visage ? Comment aller au-delà de ces sentiments de vengeance et de destruction ?

Lorsque je fis le constat que parmi les premiers morts certains avaient la haine en eux, je compris qu'ils en étaient les premières victimes. Celui qui me confirma dans cette idée fut Ruchdi, le numéro 23, un homme doux et posé, intelligent et fin. Je me disais qu'il s'était trompé de métier. Qu'était-il venu faire dans l'armée ? Il était issu d'une grande famille de Fès, des bourgeois qui détestaient l'armée. Je crois qu'ils

pensaient que seuls les fils de paysans et de monta-
gnards devaient être soldats. Leurs enfants étaient
destinés aux études supérieures pour être de grands
commis de l'État, ou à la rigueur de grands hommes
d'affaires. Ruchdi venait de ce milieu et n'aimait pas
qu'on le lui rappelât. C'est pour s'opposer à ses parents
qu'il s'était engagé dans l'armée, pour oublier ses origines, planquer ses racines, se détacher de son éducation quelque peu aristocratique, se mêler à d'autres
milieux. Il y avait entre nous de l'amitié et de la com-
plicité. Je crois que seuls Ruchdi et moi avions le pressentiment que le commandant A. préparait un coup
d'État. Lorsqu'on nous donna l'ordre de monter dans
les camions, nous nous regardâmes. Nos yeux brillaient.
C'étaient peut-être des larmes, ou la fébrilité d'une
aventure inconnue. Nous remarquâmes un long tête-à-
tête entre le commandant et l'adjudant Atta, son homme
de confiance. Durant tout le trajet, il régnait un silence
lourd. Ruchdi fumait cigarette sur cigarette. Il avait la
tête baissée. Je crois qu'il pleurait.

Ruchdi fut choqué, traumatisé. En envahissant le
palais, il m'annonça qu'il allait se rendre. Il tremblait.
Il tomba, recroquevillé sur son arme, reçut une balle à
l'épaule et perdit connaissance. Quand nous nous retrouvâmes en prison à Kenitra, il me dit qu'il ne comprenait pas pourquoi il était là. Il disait qu'il n'avait rien
fait et que c'était une horrible erreur, une injustice. Je
renonçai à le raisonner. Il ne parlait que de vengeance
et de tuerie. Il avait attrapé la haine comme une maladie incurable. Il voulait tuer tout le monde, les gardes,
le juge, les avocats, la famille royale, tous ceux qui
étaient à l'origine de son incarcération. Lorsque nous
fûmes transférés à Tazmamart, il perdit assez vite la raison. Il ne savait plus ce qu'il disait, mais restait obsédé
par la haine. Elle le minait, le rongeait, le rendait étran-

ger à lui-même. Personne ne mourut à cette époque, nous ne pouvions pas nous voir alors. Je l'appelais souvent. Pas de réponse. Que des cris, des hurlements d'animal blessé. Lui aussi voulait hâter la mort. Mais, complice de nos geôliers, elle prenait tout son temps.

Un jour, je demandai à l'un des gardes de nous laisser le voir, juste un instant. Il n'était pas question de sortir du trou, mais de lui rendre visite et d'emprunter au garde sa torche électrique. Le refus fut cinglant, accompagné de menaces et d'insultes. Alors nous fîmes grève.

Grève de la parole. Nous observions un silence parfait dans la fosse. Pas un mot. Pas un geste. Nous contrôlions notre respiration. Quelques minutes de silence profond, lourd et étranger rendaient les gardes fous. Ils criaient, tapaient avec la crosse de leurs armes sur les portes. Nous faisions les morts. Le silence plus les ténèbres sont propices à l'apparition des djinns. Cela ne ratait pas. Un des gardes hurla :

« Allons-nous-en ! Foutons le camp ! Cet endroit est habité. Je vous jure que j'ai vu un djinn aux yeux brillants. Laissons ces salopards avec les djinns, ils sont de la même race, c'est la même racaille. Vite, partons. »

Ils s'en allèrent, la peur au ventre, et nous, nous exprimâmes notre satisfaction en riant comme l'auraient fait des djinns.

Nous ne vîmes pas Ruchdi avant sa mort. Le garde qui vint constater le décès avait peur. En éclairant le visage du défunt, il recula, poussa un cri d'horreur et partit en oubliant sa lampe. Avec le manche du fameux balai, nous essayâmes de la ramener vers l'une des cellules. Mais elle ne pouvait pas passer sous la porte. Quand un autre garde arriva pour mettre de l'ordre, il ne fit pas de commentaire, il me désigna, ainsi que Lhoucine, pour la toilette du mort et s'arrangea pour que l'enterrement eût lieu la nuit. Ce devait être un gradé. Il s'appelait M'Fadel. Lorsque nous fûmes tous réunis autour du corps, il prit la parole :

« À la prochaine grève, je lâcherai les scorpions. Là, on verra qui est, de vous ou de moi, le vrai djinn. Allez, foutez-moi cette merde dans le trou. »

Comme un seul homme, nous répondîmes par la lecture de la Fatiha, la première sourate du Coran. Les gardes nous poussèrent violemment vers la porte du trou pendant que M'Fadel pissait sur une grosse pierre.

Notre horloge parlante était déréglée. Karim devait être très ému par cet enterrement de nuit, et surtout perturbé par les menaces du gradé. Il avait perdu le fil du temps. On l'entendait se lamenter dans sa cellule, récapitulant les jours et heures de la semaine. Je lui conseillai de se calmer, l'assurant que les choses allaient se remettre en place. Il s'endormit, et, le lendemain, il nous réveilla en imitant le chant du coq :

« Il est cinq heures, c'est la prière de l'aube, ô mes frères croyants, ô musulmans, réveillez-vous, la prière n'attend pas. »

Puis, après un moment, il dit :

« Ne dormez plus, ne dormez plus, mes frères, faites attention, nous sommes en été, nous sommes le 3 juillet 1978, il est cinq heures trente-six minutes, c'est le moment des scorpions. Faites très attention, ils sont arrivés, je les sens, je les entends. Après le grand froid et l'humidité, voici l'été, l'été des scorpions. Il faut nous organiser. Ma machine a failli se détraquer, parce que j'ai senti une présence étrangère chez moi. Non, ce ne sont pas des djinns. Non, ce sont des tueurs, de petites bêtes qui piquent et lâchent leur venin. »

J'étais devenu imbattable sur les scorpions. Je les connais sans les avoir étudiés. Je sais comment ils se déplacent, le bruit qu'ils font, à quelle température ils piquent, où ils aiment se cacher et comment ils trompent l'adversaire.

Tout cela, je le sus par intuition. Dans le noir où nous étions, nous ne pouvions pas les voir. Ce fut le premier été où ils firent leur apparition. Pas de manière naturelle. Pas par hasard. Le gradé les avait introduits dans la fosse. J'en étais sûr. Car comment expliquer que durant cinq étés nous n'ayons pas eu affaire à ces bêtes terrifiantes ? Mais comment ce type avait-il pu faire une chose pareille ? Je voyais mal un lieutenant-colonel ou un général se réunir avec d'autres officiers à l'état-major, pour donner l'ordre à un quidam d'aller ramasser des scorpions et de les introduire dans notre fosse. Non, ce devait être une initiative personnelle. Ce gradé – il était peut-être sergent-chef – se vengeait, pas par amour de la monarchie, mais par haine de ses chefs qui l'avaient envoyé dans cette région pour garder des morts vivants, ou plus exactement des survivants destinés à une mort lente.

Comme l'avait dit Karim, nous devions nous organiser. Nous fîmes une réunion après les féculents du soir. Nous étions debout, chacun dans sa cellule. Moi, à cause de ma grande taille, j'étais accroupi. Le numéro 21, le brave Wakrine, nous apprit qu'il jouait avec les scorpions quand il était enfant à Tafraout, région particulièrement aride et chaude. Il nous dit que le scorpion est un animal traître mais pas intelligent ; il aime s'accrocher aux pierres, mais, s'il tombe, il pique.

Il avait raison. Il fallait faire le silence, un silence total, pour repérer où les scorpions se déplaçaient. Tant qu'on les entendait marcher, on savait qu'ils étaient au-dessus de nos têtes, et, s'ils tombaient, il fallait repérer au bruit de quel côté ils étaient et s'en éloigner. Pour cela, il ne fallait pas dormir. Mon ami Lhoucine fut piqué alors qu'il s'était assoupi. On appela les gardes, qui ne vinrent que le matin, au moment de servir ce qu'ils appelaient le café. Wakrine supplia les gardes de le laisser aspirer le poison par succion. La fièvre était déjà montée. Le pauvre Lhoucine délirait. En recrachant le poison, Wakrine nous dit :

« La fièvre durera quarante-huit heures. C'est la règle. Surtout ne vous endormez pas.

— Le manque de sommeil nous tue ! cria une voix.

— La folie nous guette ! dit un autre.

— Cette histoire de scorpions est un complot pour nous tuer vite, fit remarquer mon voisin de droite.

— Mais ça ne fait pas l'affaire des autorités, dont le but est de nous voir mourir à petit feu, dis-je.

— On s'en fout, de ce que pensent les autorités ! Je suis même certain que tout le monde nous a oubliés, ceux qui nous ont condamnés, ceux qui nous ont jetés dans la fosse. Le problème, à présent, c'est d'exiger des gardes de la lumière pour chasser de nos cellules ces bêtes tueuses », dit sur un ton calme Gharbi, celui qu'on appelait l'Ustad.

La lumière, évidemment ! Mais tout le système était basé sur le principe du noir, de cette obscurité insondable, des ténèbres qui alimentaient la peur de l'invisible, la peur de l'inconnu. La mort rôdait. Elle était là. Mais on ne devait pas savoir par où elle allait frapper, ni comment, ni avec quelle arme. Nous devions être à la merci de l'invisible. C'était cela, la torture, la sophistication dans la vengeance.

Que de fois je m'étais dit : « D'accord, on a voulu attenter à sa vie. On l'a cherché partout parmi ses invités pour le tuer. Nous avons perdu. Nous, nous n'étions que des soldats, des sous-officiers pris dans le vertige de cette galère, exécutant des ordres. Pourquoi ne nous a-t-on pas tués tout de suite ? Même dans un pays comme la France, celui qui a tiré sur la voiture du général de Gaulle a été passé par les armes. Normal. Pourquoi nous ont-ils jugés dans un tribunal et condamnés à dix ans de réclusion pour ensuite nous condamner à la mort lente ? Pourquoi les généraux, ceux qui avaient planifié le coup d'État, ont-ils été exécutés par un peloton de soldats après avoir été dégradés, et nous, les cadres, les instructeurs des élèves officiers, nous devons subir l'interminable épreuve de la mort paresseuse, vicieuse, perverse, la mort qui joue avec nos nerfs, avec le peu de choses qui nous reste : notre dignité ? À quoi bon ressasser tout ça ? Nous étions dans le sillage de ceux qui avaient commis une faute, un crime : pourquoi nous garder en vie ? Pourquoi nous enterrer vivants, en laissant passer juste ce qu'il faut d'oxygène pour survivre et souffrir ?

« Un jour arrivera où je serai sans haine, où je serai enfin libre et je dirai tout ce que j'ai enduré. Je l'écrirai ou le ferai écrire par quelqu'un, pas pour me venger, mais pour informer, pour verser une pièce au dossier de notre histoire. Pour le moment, j'essaie de parler, de me parler, pour éviter de tomber dans le sommeil et de devenir une proie facile pour les scorpions. Je parle, je sautille, je me tape la tête légèrement contre le mur, je crois savoir où est coincé mon scorpion. Il doit être entre la troisième et la quatrième pierre dans la fissure par où passe la pluie quand elle est très forte. Mon ouïe fine m'a renseigné. Je me cale de l'autre côté. C'est un pari. J'ai confiance en mon intuition. Si je suis piqué, Wakrine viendra aspirer. Il en a l'habitude. Je commence à m'endormir. Je retiens mon souffle. Rien ne bouge. Tant pis, je ne résiste plus, je cède au sommeil, accroupi. »

Je fus réveillé par une douleur très aiguë dans le dos. Ce n'était pas une piqûre de scorpion. Mon mal au dos avait repris. Rhumatisme ? Hernie discale ? Crampe musculaire ? Comment le savoir ? Le fait d'être courbé en permanence devait entraîner une déformation de la colonne vertébrale. À quoi bon trouver une origine à cette douleur ? Il fallait la supporter, vivre avec et essayer de l'oublier. Chacun d'entre nous avait une partie de son corps ou de son cerveau complètement détériorée. Toutes nos maladies, tous nos maux s'étaient aggravés. Pas de médecin. C'était la règle. Le médecin n'avait rien à faire dans ce lieu. On sait que le rôle du docteur est de lutter contre la mort, de la faire reculer, et même de lui faire échec. Ici, c'est le contraire qui avait été prévu. Si la maladie vient, il faut la laisser s'installer, se développer, occuper tout le corps, contaminer les organes en bonne santé, il faut qu'elle fasse son travail et inflige au corps toutes les facettes de la souffrance. Aucune intervention n'était autorisée. De toute façon, nous n'avions personne à qui parler, à qui adresser des réclamations, comme cela se faisait à la prison de Kenitra.

Il y avait un officier, un commandant. On ne le vit jamais. Ce devait être un fantôme, une ombre, quelqu'un qui devait être là, mais qui n'avait pas besoin d'apparaître. C'était peut-être une voix débitant une série d'ordres cruels et définitifs. Une voix enregistrée, probablement la voix d'un comédien. Les gardes, quand ils étaient gentils, nous promettaient de parler au Kmandar – c'était ainsi qu'ils disaient – mais nous n'avions jamais de réponses à nos requêtes. D'où la conclusion : le Kmandar n'existait pas. C'était juste un épouvantail, et nous faisions comme s'il était là, à quelques dizaines de mètres de l'entrée camouflée de notre trou. Comment confier ces prisonniers d'un type très spécial à un Kmandar qui pouvait se trouver un soir accoudé au comptoir d'un bar à Marrakech ou Casablanca, et, l'alcool et le remords aidant, se mettre à parler, à prononcer le nom terrifiant de ce petit patelin, Tazmamart, situé entre Rachidia et Rich sur la carte du Maroc ?

Le Kmandar, l'officier invisible, était la terreur. Les gardes en parlaient comme si c'était un morceau de métal, inflexible, inhumain, ayant tous les pouvoirs. Ils disaient : « Le Kmandar, c'est du fer, *Hédid*. »

Plus tard, beaucoup plus tard, un jour où je me trouvai nez à nez avec le Kmandar, je compris que ce personnage avait été sculpté dans une matière spéciale, une sorte de bronze ou de métal incorruptible.

Né pour servir, pour exécuter toutes les tâches, des plus ordinaires aux plus atroces. Pas le moindre sentiment. Pas le moindre doute. Il recevait des ordres et les appliquait avec la fermeté du métal. Avant de s'occuper de nous, il avait déjà égorgé quelques malheureux, en avait enterré d'autres vivants, avait torturé des opposants au régime avec la minutie d'un spécialiste. Il avait perdu un œil dans un accident de voiture. Il disait que Dieu voulait ça. Sans plus.

Parmi les huit gardes, deux étaient particulièrement mauvais. Il y avait Fantass, l'homme à la dentition en or, maigre et long ; il crachait toutes les minutes et était très méchant. Quand il parlait, il n'utilisait que des mots grossiers et des insultes. Nous ne lui répondions pas, le laissant à sa hargne. Nous apprîmes plus tard qu'il faisait des rapports sur ses collègues qui n'étaient pas assez méchants avec nous, les accusant de faiblesse et même de sympathie avec « les chiens et les traîtres ».

Un jour, Fantass disparut. Durant deux mois, on n'entendit pas sa voix rauque, ni ses crachats sifflants. Quand il revint, nous eûmes du mal à le reconnaître. Il ouvrit chaque cellule et demanda pardon. Je pus voir sa tête grâce à la lampe électrique qu'il tenait entre les mains et qu'il dirigeait vers son visage. Il pleurait et disait des choses étranges :

« Je te demande pardon, j'ai été mauvais, horriblement méchant. Je crachais dans votre bouffe, j'y jetais du sable. Je vous haïssais parce qu'on m'avait appris à

65

haïr. Je souhaitais votre mort lente et douloureuse. Je mérite l'enfer pour tout le mal que je vous ai fait. Dieu m'a puni. Il vient de m'arracher mes deux grands enfants, morts sur le coup dans une voiture toute neuve. Dieu a rendu sa justice. Je n'ai plus rien à faire ici. Je vais moi aussi mourir. Pour moi c'est fini. Aidez-moi à partir en me pardonnant. »

Fantass mourut quelques mois plus tard, après une grève de la faim.

Un autre garde, Hmidouche, était aussi très méchant. Il avait fait une chute et boitait. Quand il vit ce qui était arrivé à son ami Fantass, il prit peur et se mit lui aussi à nous demander pardon ! Les autres gardes ne faisaient pas de commentaires. Ils entretenaient avec nous le minimum de liens. Ils avaient peur de M'Fadel, leur chef.

Dire « Je suis malade, ce matin je ne me sens pas bien, ça ne va pas fort… », cela n'avait pas de sens. Alors, à quoi bon le penser, le dire ou se le dire ? Être malade était notre état normal, permanent. Nous devions perdre, chaque jour qui passe, un peu de notre santé, jusqu'à l'extinction, jusqu'à la fin. Notre capital se composait de deux éléments : notre corps et notre cerveau. Très vite, je choisis la préservation par tous les moyens de ma tête, de ma conscience. Je me mis à les protéger. Le corps était exposé, il leur appartenait en quelque sorte, ils en disposaient, le torturaient sans le toucher, l'amputaient d'un membre ou deux du simple fait que nous n'avions droit à aucun soin. Mais ma pensée devait rester hors d'atteinte, c'était ma vraie survie, ma liberté, mon refuge, mon évasion. Il fallait, pour la garder vive, de l'entraînement, de la gymnastique. Comme j'avais procédé pour éloigner et même effacer les souvenirs qui pouvaient m'entraîner vers l'abîme, je décidai d'exercer ma pensée en étant lucide, absolument et terriblement lucide. J'avais une chance sur cent de m'en sortir. Je ne comptais pas sur cette chance. Je me disais : Si un miracle arrivait, je renaîtrais, je serais un nouveau-né à quarante ou à cinquante ans. Mais je n'y comptais pas. Je sortirais du trou et j'irais toucher la pierre noire de la Kaaba à La Mecque. Ce fut cette pierre noire, la pierre du commencement, celle qui a gardé les empreintes d'Abraham, celle dont la mémoire rejoint celle du monde, qui me sauva. Je le crois encore. Je ne sais pas pourquoi ma pensée s'était fixée sur ce symbole. J'en faisais mon point de repère, ma fenêtre sur l'autre côté de la nuit. Je l'ouvrais et je voyais quelque chose de radieux.

Le fait de me concentrer, de maîtriser le rythme de ma respiration, le fait de me focaliser sur une idée, une image, une pierre sacrée située à des milliers de kilomètres, à des siècles de ma cellule, me permettait d'oublier mon corps. Je le sentais, je le touchais, mais petit à petit j'arrivais à m'en détacher. À force de concentration, je me voyais assis, calme, le dos courbé, les côtes visibles, les genoux repliés ressemblant à deux piques, je m'observais et j'étais un esprit planant au-dessus du trou. Je n'y parvenais pas toujours. L'effort de concentration n'aboutissait pas systématiquement à ce détachement. Cela dépendait du froid et de la chaleur. Je savais que les conditions physiques étaient en concurrence avec la volonté de m'extraire par la pensée de cet enfer. L'enfer n'était pas une image, un mot prononcé pour exorciser le malheur. L'enfer était en nous et autour de nous. Il nous était même utile : il nous permettait de mesurer notre force, notre capacité de résister et d'imaginer un autre monde – celui-là était immatériel – où se réfugier le temps d'une blessure ajoutée sur le sang à peine séché d'autres fêlures.

Nous possédions en cet enfer les jours et les nuits. Nous étions des jours de faim et des nuits d'insomnie.

Nous n'étions souvent que cela. Alors ceux qui nous quittaient attentaient à leurs jours et à leurs nuits. Ils n'entretenaient aucune abjecte illusion. Ou alors, ce qui les menait jusqu'au suicide était justement le poison des illusions. Je compris que la dignité, c'était aussi le fait de cesser tout commerce avec l'espoir. Pour s'en sortir, il ne fallait plus rien espérer. Cette conviction avait l'avantage de ne pas appartenir à ceux qui nous avaient jetés là. Elle ne dépendait pas de leur stratégie mais uniquement de notre volonté : refuser de dépendre de cette foutue manie d'espérer.

L'espoir avait tout d'une négation. Comment faire croire à ces hommes abandonnés de tous que ce trou n'était qu'une parenthèse dans leur vie, qu'ils allaient juste subir une épreuve et ensuite en sortir grandis et meilleurs ? L'espoir était un mensonge avec les vertus d'un calmant. Pour le dépasser, il fallait se préparer quotidiennement au pire. Ceux qui ne l'avaient pas compris sombraient dans un désespoir violent et en mouraient.

10

Ma vésicule biliaire devient folle. Elle produit trop de bile. Elle s'active et m'inonde de ce liquide amer. Je suis plein de bile. Tout en moi sent l'amer. Ma bouche, pâteuse, rumine de l'amertume. Ma langue est lourde, ma salive épaisse. Je me vois noyé dans une cuve de bile. Je plonge dedans, forcé par des mains étrangères. Ma tête se remplit de glaires verdâtres. Mes narines se bouchent puis je me force à éternuer. Je fais de gros efforts pour expulser tout ce qui m'encombre, mais mes muscles sont tendus. Mes articulations sont rigides. On dirait que quelqu'un les a ficelées pour qu'elles ne bougent plus, pour qu'elles ne servent à rien. Mes mains se sont recroquevillées et mes doigts ressemblent à des hameçons. Je sens que le liquide monte et descend dans tout mon corps. La peau me fait mal. Je pense un moment que la bile s'est solidifiée et circule dans mon estomac comme un fil de fer barbelé le déchirant.

La douleur me donne une lucidité étrange. Je souffre mais je sais ce qu'il faut faire pour que cesse ce manège. Je dois vomir, me vider de cette bile qui s'acharne sur tous mes organes. Pour y arriver, il faut porter mes doigts à la bouche, appuyer sur la langue et tout expulser. Quand on est en bonne santé, c'est une opération d'une simplicité enfantine. Mais quand le corps est endolori au point de devenir rigide, tout mouvement est rendu difficile. Je suis assis, le dos et la tête contre le mur. Le bras droit s'est immobilisé. Il colle au mur, comme tenu par des crochets. Il faut le décoller lentement et le lever de manière imperceptible vers la bouche. Facile à dire, extrêmement difficile à réussir. Je me concentre et ne pense qu'au bras. Tout mon corps se retrouve dans ce bras. Je suis un bras assis par terre et il faut que je pousse de toutes mes forces pour me lever. En le fixant avec mes yeux, j'arrive à oublier le goût amer dans la bouche et même à ne sentir que faiblement les douleurs articulaires. Je perçois l'écho de la douleur. Je la sens s'éloigner mais pas disparaître. Je penche la tête pour la rapprocher de ma main. La bile monte au point que j'ai la sensation d'étouffer. Je relève vite la tête et me cogne contre le mur. Je la cale bien et change de tactique : la main ira vers la bouche, pas l'inverse. L'opération dure des heures. L'autre bras me sert d'appui. Je transpire de partout. Des gouttes de sueur tombent sur ma main. Surtout ne pas bouger, ni penser à autre chose qu'à lever le bras. J'imagine qu'une grue minuscule descend du toit, s'empare de ma main et la porte avec précision vers ma bouche. Je regarde le plafond, il n'y a rien. Dans le noir, j'arrive non pas à voir mais au moins à deviner les choses.

Le temps n'a plus de sens. Il me paraît particulièrement long et avoir pour fonction de paralyser les bras et les mains. Quand, au bout de plusieurs heures, je réussis à introduire ma main dans ma bouche, je m'arrête un instant pour jouir de ma petite victoire. J'appuie ensuite sur la langue mais la bile ne sort pas immédiatement. Quand le premier jet inonde mes mains, mes pieds et le sol, je tremble de soulagement. J'appuie de nouveau et je vomis avec plus de force encore. Je suis devenu une source de bile. J'ai la gorge irritée, les yeux exorbités et les larmes coulent sur mes joues. Je n'ai plus en moi ce poison qui brûlait mon œsophage.

Léger et affamé, je me prépare à atteindre l'extase,

cet état où rien ne me retient, où je n'entretiens de lien ni avec les êtres ni avec les objets. Je m'éloigne de tout, de moi-même et des autres qui ignorent les affres par lesquelles je viens de passer. Je suis dans une superbe solitude où seule la brise peut encore traverser les terrasses de mon isolement. Alors j'arrive à l'éblouissement, suivi d'une grande fatigue. Là, je suis inaccessible. Je vole comme un oiseau heureux. Je ne m'éloigne pas trop de là où j'ai laissé mon corps, de peur qu'on vienne le prendre et l'enterrer. Il est vrai que le corps respire au ralenti et donne l'impression d'être mort ou entré dans le coma.

À l'instant où je me rendis compte que ma cellule puait de tous côtés, je sus que j'étais revenu dans mon corps. L'état de grâce était terminé. De nouveau je m'organisai pour affronter mes difficultés routinières. Je me levai et versai sur le sol ce qui restait d'eau. Cette nuit-là, je dormis debout. Le froid montait de la plante des pieds jusqu'au crâne. Il prenait son temps, s'arrêtait un bon moment au niveau du ventre, y déposait un peu de sa morgue, de sa haine et de son mépris. Il avait pour moi un visage, des mains, ou plus exactement des pinces. Il me mordait les testicules. Je me pliais pour supporter sa morsure. Il se promenait le long du corps en le faisant trembler. Je piétinais le sol mouillé. Il ne fallait pas le laisser gagner. Je repris ma gymnastique, en faisant mentalement les prières de la journée.

Il y avait les cinq prières que doit faire tout bon musulman. Je n'étais pas propre. Pas assez d'eau pour les ablutions. Je priai en silence en invoquant une force supérieure, la force de la justice, Allah et ses prophètes, le ciel et la mer, les montagnes et les prairies :

« Éloigne-moi de la haine, cette pulsion destructrice, ce poison qui ravage le cœur et le foie. Ne plus vouloir porter la vengeance dans d'autres foyers, dans d'autres

71

consciences, oublier, rejeter, refuser de répondre à la haine par la haine. Être ailleurs. Aide-moi à renoncer à cet attachement qui m'encombre, à sortir en douceur de ce corps qui ne ressemble plus à un corps, mais à un paquet d'os mal formés ; dirige mon regard sur d'autres pierres. Cette obscurité m'arrange : je vois mieux en moi-même, je vois clair dans la confusion de ma situation. Je ne suis plus de ce monde, même si j'ai encore les pieds gelés sur ce sol en ciment mouillé. J'ai mal à la nuque à force d'être courbé. Non, je n'ai pas mal. Je suis sûr que je n'ai pas mal. Je ne ressens plus rien. Ma prière a été entendue. Je ne suis pas malade. Ici je ne le serai jamais, quelle que soit la souffrance. Ô mon Dieu, j'ai appris de toi que le corps en bonne santé nous renseigne sur la beauté du monde. Il est l'écho de ce qui enchante, produit de la vie et de la lumière. Il est lumière. Lumière dans la vie. Quand il a été retiré de la vie, isolé et enfermé dans un trou noir, il n'est plus l'écho de rien. Aucun reflet ne s'y imprime. Grâce à ta volonté, je ne serai jamais éteint. »

11

Un ciel étroit devait se trouver juste au-dessus du sas, cette ouverture indirecte laissant passer l'air mais pas la lumière. Ce ciel, je le devinais, je le remplissais de mots et d'images. Je déplaçais les étoiles, je les dérangeais pour les remplacer par un peu de cette lumière prisonnière dans ma poitrine. Je la sentais. Comment sentir la lumière ? Lorsqu'une clarté intérieure caressait ma peau et la réchauffait, je savais que j'étais visité. Je n'arrivais pas à la garder. À la place, il y avait le silence. Il tombait soudain sur nos regards aveugles. Il nous enveloppait, se posait telle une main apaisante sur nos épaules. Même quand il était lourd, chargé encore de poussière, il me faisait du bien. Il ne me pesait jamais. Il faut dire qu'il y avait différents types de silence :

— celui de la nuit. Il nous était nécessaire,

— celui du compagnon qui nous quittait lentement,

— celui qu'on observait en signe de deuil,

— celui du sang qui circule au ralenti,

— celui qui nous renseignait sur la marche des scorpions,

— celui des images qu'on passait et repassait dans la tête,

— celui des gardes qui traduisait lassitude et routine,

— celui de l'ombre des souvenirs brûlés,

— celui du ciel plombé dont presque aucun signe ne nous parvenait,

– celui de l'absence, l'aveuglante absence de la vie.

Le silence le plus dur, le plus insupportable, était celui de la lumière. Un silence puissant et multiple. Il y avait le silence de la nuit, toujours le même, et puis il y avait les silences de la lumière. Une longue et interminable absence.

Dehors, non seulement au-dessus de notre fosse mais surtout loin d'elle, il y avait de la vie. Il ne fallait pas trop y penser, mais j'aimais l'évoquer pour ne pas mourir d'oubli. Évoquer, et non se souvenir. La vie, la vraie, pas ce chiffon sale qui roule sur le sol, non, la vie dans sa beauté exquise, je veux dire dans sa simplicité, sa merveilleuse banalité : un enfant qui pleure puis sourit, des yeux qui clignent à cause d'une trop forte lumière, une femme qui essaie une robe, un homme qui dort sur l'herbe. Un cheval court dans la plaine. Un homme portant des ailes multicolores essaie de voler. Un arbre se penche pour donner de l'ombre à une femme assise sur une pierre. Le soleil s'éloigne, et on voit même un arc-en-ciel. La vie, c'est pouvoir lever le bras, le passer derrière la nuque, s'étirer pour le plaisir, se lever et marcher sans but, regarder les gens passer, s'arrêter, lire un journal ou simplement rester assis devant sa fenêtre parce qu'on n'a rien à faire et qu'il fait bon ne rien faire.

Je supposais que la clameur de la vie était de toutes les couleurs et faisait du bruit en traversant les arbres. Cette échappée ne devait pas durer longtemps. Un peu de douceur pour me préparer à une concentration plus difficile.

Même mort, ou plus précisément considéré comme tel par la famille, il fallait faire le chemin conduisant à la maison. Sans nostalgie. Sans sentiments.

Comment rassurer ma mère, lui dire que je me bats et résiste ? Comment lui faire savoir que cette volonté de rester debout et digne, c'est d'elle que je la tiens ?

J'avais confiance en ses intuitions. Alors, mentalement, je m'adressais à elle, une lettre qu'un jour j'écrirais peut-être, sur du papier, avec un crayon, une lettre qui lui parviendrait par un messager ou même par la poste.

« Yamma qui m'est chère, ma chérie, Moumti, je t'embrasse les mains et pose ma tête sur ton épaule. Je suis en bonne santé, ne t'en fais pas. Je crois que tu peux être fière de moi. Je te fais honneur. Non seulement je résiste, mais j'aide les autres à supporter l'intolérable. Je ne te dirai pas ce qu'ils nous font endurer. Je fais un travail d'oubli. Je sais que tu as du mal à trouver le sommeil, que tu montes et descends la même montagne, prends garde à ton cœur, n'oublie pas tes médicaments. Sois calme, ça ne servirait à rien de t'énerver. Je traverse un long tunnel. Je ne cesse de marcher et je suis certain qu'un jour j'arriverai au bout, je verrai la lumière. Il faudra qu'elle soit douce, car une trop forte clarté me rendrait aveugle. Tu seras là à m'attendre, tu m'apporteras du pain fait par toi, du pain chaud trempé dans de l'huile d'argan. Je ne mangerai que ça durant quelques jours, pour réhabituer mon estomac à recevoir autre chose que des féculents. Tu viendras avec une couverture de laine, et tu m'y envelopperas comme un bébé, comme avant, quand j'étais enfant ; je suis devenu léger, tu me prendras dans tes bras et tu me chanteras la comptine de grand-mère.

« Plus j'avance, plus je suis confiant. Je prie, je parle à Dieu, je rêve de la pierre noire, et il m'arrive de quitter mon corps et d'être spectateur de mon état. J'avoue que c'est très difficile d'accéder à cette sérénité. Cela aussi, je l'ai appris de toi. Tu te souviens, quand mon père te faisait mal, gaspillant tout l'argent du foyer, tu nous réunissais, et, sans dire la moindre méchanceté sur cet homme, tu nous rendais responsables de nous-mêmes. Ses colères, ses injustices ne t'atteignaient pas. Tu étais au-dessus de ça. Je t'admirais, car tu gardais toujours ton sang-froid. Le seul moment où tu perdais la tête, c'était lorsque le petit dernier, ton « petit foie », fuguait. Tu nous disais : "Vous êtes tous mes enfants, mais lui, c'est mes yeux, ma respiration." Lui aussi t'adorait. Je me souviens du jour où, rentrant de l'école, il jeta son cartable et, comme il en avait l'habitude, te chercha dans la cuisine. La bonne lui dit que tu étais partie à Rabat pour régler un problème administratif. Ne pouvant supporter ton absence, il s'enferma dans l'armoire où tes robes étaient accrochées. Il sentait ton odeur, ton parfum retenu par tes habits. À cause des larmes et de l'enfermement, il eut de la fièvre. Quand tu es arrivée, tard le soir, tu es allée directement vers l'armoire et tu l'as trouvé brûlant de fièvre. Il se tordait de douleur. C'était une crise d'appendicite. Tu passas la nuit aux urgences, et tu repris ton travail le lendemain sans avoir fermé l'œil. Le petit fut opéré et tout redevint normal.

« Ô maman, je dois t'avouer que j'avais du mal à supporter la manière dont tu le nourrissais. Tu mâchais la viande, tu la roulais dans la paume de ta main, et tu l'introduisais dans sa bouche. Et lui, comme un poussin, le bec ouvert, recevait sa nourriture. Il riait, se moquait de nous, et toi, heureuse, tu ne disais rien. Nous aussi, nous nous moquions de vous deux. Tu avais reporté sur cet enfant tout l'amour dont tu avais manqué. Nous étions des gamins et nous ne comprenions pas cela.

« Mon père avait fait plusieurs tentatives pour te reprendre. Il venait, précédé par des *mokhaznis*, des anciens serviteurs de la cour du pacha El Glaoui, les mains remplies de cadeaux, des tissus magnifiques importés d'Europe, des plateaux pleins de pains de sucre. Il arrivait comme s'il te demandait pour la première fois en mariage. Il avançait, les mains derrière le dos, réclamant ton pardon. Tu n'ouvrais pas la porte, et, de la fenêtre entrouverte, tu donnais l'ordre aux *mokhaznis* de s'en aller porter tout ça dans la maison de la deuxième épouse. Il s'était remarié à ton insu, pendant que tu trimais, seule, sans aide, sans beaucoup de ressources.

« Tu étais admirable. Tu renvoyais cet homme avec fermeté. Jamais tu ne cédais ni ne faiblissais. Ta force de caractère, c'était ta liberté. Ta volonté de vivre dignement te rendait plus belle, plus forte. J'étais l'aîné, et, dès que j'ai pu, j'ai quitté la maison, pour que la charge soit moins lourde. Je me suis engagé dans l'armée, pas par amour de celle-ci, mais elle me garantissait un salaire, une formation, le gîte et le couvert. De ma solde, je tenais à t'envoyer une bonne part. Je le faisais de bon cœur, parce que je savais que tu en avais besoin et que moi je pouvais vivre avec très peu d'argent.

« Mon père ne savait même pas que j'étais entré à l'Académie militaire. Il était déjà au palais, à rendre plus douce la vie de son roi. Le palais s'occupait de sa deuxième femme, de ses enfants et de la maison. Je ne voyais mon père qu'à la télévision, quand on montrait les activités royales. Il se tenait en arrière, l'œil vif, la prestance importante. Ce fin lettré, cet homme à la mémoire phénoménale était devenu un bouffon, un histrion, un baladin, un divertisseur professionnel à la cour de l'homme le plus puissant du pays. Car il a beaucoup d'humour, mais il ne nous faisait pas rire. À la maison, il ne faisait que passer. Il était réputé pour son intelligence et son sens de la repartie. C'était une bibliothèque ambulante. Je l'admirais quand il récitait des poèmes à ses amis. Il ne se trompait pas. Par ailleurs, il connaissait tout sur l'or et les bijoux traditionnels. Mais cet homme était un mauvais mari et un père absent, ou simplement trop préoccupé par lui-même, par son goût des jeunes filles, les moins de vingt ans, par son souci d'élégance vestimentaire, par le besoin de la fête, du plaisir et de la bonne humeur. Il prenait tout à la légère et ne supportait pas d'être seul.

« Ô maman, je te sens triste. Dis-toi que je suis en voyage, je découvre un monde insondable, je me découvre, j'apprends, chaque jour qui passe, de quelle étoffe tu m'as fait. Je t'en remercie. Je te baise les mains, je suis profondément désolé du mal que je t'ai causé en m'embarquant dans cette histoire. Mais, comme tu le devines, on n'a pas demandé l'avis des élèves ni des cadres. Nous nous doutions bien que quelque chose se tramait, mais nous, en bons soldats, nous avons suivi nos chefs. À toi, je peux le dire, et je sais que tu me croiras : je n'ai tué personne. Je n'ai tiré aucune balle. J'étais affolé. Je pointais mon arme sur des gens. J'avoue que je cherchais mon père. Je ne saurai jamais si c'était pour le sauver de ce massacre ou lui tirer dessus. Cette question m'obsède. Elle est devenue lancinante. Si je me répète, c'est parce que je dois tourner en rond sur moi-même.

« Je dois te quitter, ma chère Ma. J'entends des cris de douleur... »

Mostafa, cellule numéro 8, hurlait. Un scorpion l'aurait-il piqué ? Il avait tellement mal qu'il se soulevait puis se laissait tomber sur le ciment. Il souffrait de plus en plus. Impossible de faire venir les gardes pour ouvrir à Wakrine, le spécialiste suceur de poison. C'était la nuit. Karim, réveillé par les cris, nous donna l'heure : « Il est trois heures seize minutes, le matin du jeudi 25 avril 1979. »

Mostafa pleurait et criait :

« Je veux en finir, mais pas comme ça, pas avec une piqûre de scorpion vénéneux. Non, si je dois mourir, c'est moi qui décide. Non, le poison injecté est une mauvaise affaire. J'ai du mal à respirer. J'étouffe, j'ai le vertige, je vais mourir. Ah! mon Dieu, pourquoi maintenant? Pourquoi au milieu de la nuit? »

Wakrine lui dit de tenir jusqu'au matin, au moment où les gardes serviraient le café. Ils seraient obligés de lui permettre de le sauver.

Le pauvre Mostafa tint le coup. Il perdit connaissance. On crut qu'il était mort. Gharbi se mit même à lui lire le Coran. En chœur nous le suivîmes. Mostafa poussa un grand cri, puis plus rien.

Lorsque les gardes arrivèrent, le matin, on reprit la lecture du Coran. Ils permirent à Wakrine d'aller à la cellule 8. Il eut un haut-le-cœur. Tous les scorpions de la fosse étaient sur le corps mortifié de Mostafa. On réclama le Kmandar en tapant des pieds et des mains. Il fallait nettoyer la fosse de ces bêtes tueuses:

« Le Kmandar, le Kmandar, le Kmandar… »

Wakrine ne pouvait plus rien pour le pauvre Mostafa, un type discret, avec lequel nous jouions aux cartes. C'était un excellent joueur, celui qui avait le mieux compris qu'on pouvait s'amuser par la seule imagination. Bien entendu, nous n'avions pas de cartes, mais Bourras, le numéro 13, distribuait des cartes imaginaires. Nous nous mettions à quatre et nous inventions un jeu à cartes découvertes: marier des chiffres et des piques tout en se racontant des histoires.

Le Kmandar ne vint pas, mais les gardes prirent l'initiative de faire la chasse aux scorpions pendant que nous faisions la toilette du mort dans la cellule.

Au moment de sortir le corps, les gardes arrivèrent munis de morceaux de tissu noir: « Vous ne pouvez sortir que les yeux bandés! » Quelqu'un protesta. Il fut ramené à sa cellule et enfermé.

Il s'était passé plus de six mois depuis le dernier enterrement. Nous avions du mal à marcher. Cette fois-ci, la lumière du ciel était filtrée par le bandeau noir. J'avais mal aux yeux, aux cheveux, à la peau… J'avais des courbatures dans tout le corps. Nous avancions péniblement. Moh, le numéro 1, se pencha et ramassa quelque chose par terre, qu'il avala. L'un des gardes le vit, le menaça de son arme :

« Rends cette touffe d'herbe que tu as mangée ou je te bute. »

C'était trop tard. Le gars riait. Le garde s'énerva, l'empoigna par la nuque et le jeta à terre. Un autre garde intervint, l'empêchant de tirer.

Après cet incident, nous eûmes dix minutes pour déposer Mostafa dans la tombe. Lorsqu'un des gardes apporta le seau de chaux vive et le versa sur le corps, Moh se précipita dans la tombe, décidé à en finir. On réussit à le dégager de là. Il y avait juste un peu de chaux vive sur ses pieds. Alerté, le chef des gardes arriva en courant. On entendait sa voix de loin. Il insultait la vie et le destin qui l'avait envoyé dans ce bled perdu :

« C'est votre dernière sortie. Plus d'enterrement. C'est fini ! Fini ! Vous ne quitterez plus vos cellules. Vous ne sortirez de là que les yeux éteints, les pieds devant, le corps dans un sac en plastique. J'ai failli aller en prison à cause de vous. À Rabat, l'état-major est furieux. Plus jamais de sortie. Jamais ! Jamais ! Vous êtes condamnés aux ténèbres éternelles. Vous ne verrez plus jamais la lumière. Les ordres sont formels. L'obscurité, l'eau et le pain sec. Allez, dégagez ! Ô mon Dieu ! Qu'ai-je fait de si terrible pour avoir été propulsé dans cet enfer ? Pourtant je fais mes prières, je fais le Ramadan, je fais l'aumône… alors pourquoi faire de moi le gardien de ce troupeau d'hommes égarés ? »

À partir de ce jour-là, Moh perdit lentement la raison. On l'entendait parler à sa mère au moment des repas :

« Ma, Yamma, c'est prêt, viens manger… Ah ! tu ne peux pas bouger. J'arrive, je t'apporte un plateau. Je t'ai fait la *tanjia* que tu aimes. Aujourd'hui, pas de régime. La viande est très tendre. Je l'ai fait cuire sur le charbon de bois. C'est la vraie *tanjia marrakchie* : de l'agneau, de l'huile d'olive, du poivre, du sel, du gingembre et du citron confit. Cuit à l'étouffée, c'est excellent. Ce n'est pas très gras. Tu sais, avant de mettre la viande dans la *tanjia*, je l'ai dégraissée. Chez nous, on confond la viande de l'agneau avec celle du mouton. Là, je peux te garantir que c'est de l'agneau. Un peu de pain. Non, pas de pain ? Ah, le diabète ! Tu sens comme c'est bon ? D'accord, pas de légumes. Pas de féculents : ça fait grossir. Ma, ouvre la bouche, ne te dérange pas. Je sais, ta vue a tellement baissé, c'est toujours à cause de ce maudit sucre ! Voilà, je t'ai choisi un morceau très tendre. Mange, prends le temps de mâcher. Ah, tu veux boire, tu as le hoquet. Oh la la ! Ma mère a le hoquet. Que faire, ô mes amis ? Ma mère a du mal à respirer, aidez-moi. Voilà, bois, c'est de l'eau gazeuse. Tu aimes ça. De l'eau avec des bulles. Ouf ! c'est parti. Tu sais, Maman, ça me panique, ton hoquet. Ça ressemble à la mort qui frappe à la porte. Mon père est mort parce qu'il avait avalé de travers. Tiens, une autre bouchée. Lentement. Ah ! le citron est trop salé. Enlevons le citron. Ah ! tu voudrais un morceau d'aubergine ? Mais, Maman, il n'y a pas d'aubergine dans la *tanjia*. Mais tu as oublié ? C'est même toi qui m'as appris à la faire. Allez, mange. Tiens, reprends un peu de viande. Non, ouvre la bouche, j'arrive avec ma fourchette. Voilà. C'est bon. Tu as honte d'être nourrie comme un bébé. Mais, Maman, la paralysie a atteint tes bras. Tu ne peux pas manger toute seule. Heureusement que je suis là. C'est mon devoir de t'aider et de te faire manger. Ça sert à ça, les enfants. Je suis le petit dernier. Je suis plus attentif que les autres. Mais ils font ce qu'ils peuvent. Moi j'ai tout mon temps. Je n'ai rien à faire. Je ne travaille plus. Je suis en congé. L'armée n'a plus besoin de nous. Nous sommes quelques-uns qui passons des vacances loin de la caserne. J'ai tout mon temps, c'est pour ça que j'ai pu te préparer la *tanjia* que tu aimes tant. T'as plus faim. Ah ! tu veux me donner à manger ? Non, pas faim. Je voudrais téter, oui, *ya yamma*, donne-moi le sein. J'ai tellement besoin de ton sein, laisse-moi mettre la tête sur ce sein, pendant que tes doigts caressent mes cheveux. Excuse-moi, tes mains ne bougent pas, et moi je n'ai plus de cheveux. Je te laisse, à présent. Pour ce soir, je prévois un dîner léger : des artichauts, tu sais, les petits artichauts qui piquent, bouillis dans l'eau, un bol de lait caillé et une pomme. Il faut manger peu, le soir, sinon on passe une mauvaise nuit. Maintenant je vais faire la vaisselle. Décidément, l'agneau du Maroc est trop gras. C'est la dernière fois que je fais une *tanjia* ! »

Le pauvre Moh nous faisait rire à chaque repas. On le laissait parler. Il se défoulait ainsi. Il nous donnait des envies. C'était dangereux. Il ne fallait plus penser à la nourriture. Nous nous étions finalement habitués aux féculents sans goût et au pain rassis. Les paroles de Moh, qui était évidemment un bon cuisinier à Ahermemou, nous faisaient venir l'eau à la bouche. J'avais envie de le faire taire, mais je n'en avais pas le droit. Moh perdait la tête. Il donnait à manger à une mère imaginaire et lui ne mangeait pas.

Un autre jour :

« Maman, tu sais, aujourd'hui je n'ai pas trouvé de viande ni de légumes au marché. Le marché n'existe plus. Il a été déplacé. J'ai pris mon vélo, mais des gamins ont dégonflé les pneus. Je n'ai trouvé que des féculents : des haricots blancs, des pois chiches, des fèves sèches. Le pain est rassis, dur, il faut le tremper dans de l'eau pour le manger. Tu me dis que tu n'as pas faim. Tu as raison. Moi non plus, je n'ai plus jamais faim. Je n'ai plus envie de faire de la cuisine. Tu as une envie de sardines grillées avec dessus du persil et des oignons. C'est une bonne idée. Mais c'est gras, Maman. Ça donne des aigreurs d'estomac. Non, je te conseille du merlan bouilli avec quelques pommes de terre. Non, pas bouilli, mais en tajine, avec des tomates, des oignons, une sauce au cumin, piment rouge, un peu relevé, de la coriandre, quelques gousses d'ail, et tu laisses mijoter sur un feu doux. D'accord, je m'en vais au port acheter le poisson aux pêcheurs qui rentrent. Je verrai ça avec Abdeslam, le cousin pêcheur. Ah ! pas de daurade, il y a trop d'arêtes. T'as raison. Mon père a failli mourir en avalant une arête. Ah ! c'est vrai, il en est mort. J'avais oublié. Excuse-moi, Maman. Bon, il faut que j'y aille. Mais ne me redemande pas où je vais, tu sais bien que le vendredi je porte le couscous aux pauvres à la sortie de la mosquée. Nous sommes vendredi. Ah ! tu as oublié l'aumône, tu n'as pas fait le couscous. Ils ne vont pas être très contents, tous ces pauvres qui m'attendent. Je n'irai pas à la mosquée. Je ferai ma prière à la maison… »

Avec le temps, sa voix devenait de plus en plus faible. Il bredouillait, marmonnait, grinçait des dents, poussait des soupirs. Les plats de féculents s'amoncelaient dans sa cellule. Ils pourrissaient. Il ne se lavait plus. Avec ses ongles très longs, il grattait le mur. Il n'avait plus de force, plus de voix. Il se laissait mourir, puisqu'il ne se nourrissait plus depuis longtemps et ne donnait plus à manger à sa mère. Il mit plusieurs semaines à s'éteindre.

12

Le rire. On essayait de rire en se racontant de vieilles blagues. C'était souvent un rire forcé, quelque chose qui sortait de notre corps nerveusement. Le rire du désespoir a une couleur et une odeur. Le nôtre nous rendait encore plus malheureux. Mostafa faisait des astuces, des jeux de mots, donnait des surnoms à chacun. C'était parfois amusant. Mais nous manquions du rire éclatant, franc, beau, scandaleux, le rire de la vie, du plaisir, de la santé et de la sécurité. Et pourtant, on aurait pu y arriver avec un travail plus approfondi sur notre condition. Mais nous n'avions pas tous les mêmes besoins ni la même volonté de résistance.

Le rire, le grand, celui qui déborde et qui fait du bien, ce sera le Kmandar qui le provoquera. Ce Kmandar que nous n'avions jamais vu était assez présent dans nos ténèbres. Les gardes se chargeaient de nous transmettre ses exigences et ses ordres. Un jour, M'Fadel fit irruption dans le bâtiment en pestant et en injuriant l'espèce animale et particulièrement la race canine.

« Que Dieu maudisse la religion des chiens et la religion de ceux qui les aiment, les adoptent et les font dormir dans leur propre lit ! Que Dieu nous débarrasse de la race canine et de ses descendants, qu'il les mette dans un immense chaudron pour qu'ils ne se reproduisent plus et qu'ils ne viennent plus nous enquiquiner dans ce trou perdu de notre pays bien-aimé ! Allez, avance, tu subiras le même sort que ceux qui ont attenté à la vie de Sidna ! Allez, salopard, tu vas crever, tu vas avoir la rage et ensuite je te jetterai moi-même dans le chaudron d'eau bouillante. Pour l'instant j'obéis au Kmandar, je te fais prisonnier comme les autres. Tu seras enfermé et tu ne mangeras qu'une fois par jour, des pâtes bouillies à l'eau ! »

Nous étions ébahis. Un chien condamné à cinq ans de prison ! C'est la perpétuité ! Il aurait mordu un général venu en inspection dans la caserne proche du bagne.

À partir de là, le rire revint.

Notre quotidien connut un peu d'agitation. Certains étaient vexés d'être enfermés à côté d'un chien. D'autres virent le bon côté de cette affaire. Nous décidâmes de lui donner un nom. Nous n'arrivions pas à nous mettre d'accord :

« Moi, je le nomme Kmandar !

— Non, je suis sûr que ce chien est plus humain que le Kmandar.

— Alors, on va le nommer Tony !

— Mais pourquoi Tony, qui est un prénom d'homme ?

— Comme ça, parce que ça fait italien, ça fait évolué… et puis, ça rime avec Boby.

— Non, on va l'appeler le Kelb, tout simplement. Kelb ou Kleb, comme disent les Français.

— Et pourquoi pas Kif-Kif ?

— Tu veux dire qu'il est pareil à nous ?

— Oui et non. Ça nous est égal !

— Va pour Kif-Kif. On passe au vote ?

— OK. Votons. »

Ainsi, le chien fut nommé Kif-Kif et devint un membre non négligeable de notre groupe.

On s'habitua à sa présence. Il ne râlait pas. On l'entendait parfois tourner en rond dans la cellule, donnant des coups sur la porte avec sa queue. La faim et la soif le rendirent mauvais. Il n'aboyait pas mais gémissait comme s'il était blessé. Évidemment, il faisait ses besoins n'importe où. Les excréments s'amoncelaient et la puanteur nous envahissait. Il fallait faire quelque chose, l'éloigner, l'attacher dans une forêt ou lui trouver une prison à part. M'Fadel était de notre avis, mais il ne pouvait pas en parler avec le Kmandar.

Au bout d'un mois, Kif-Kif devint fou, ce devait être la rage. Ses cris devenaient de plus en plus insupportables. Les gardes n'osaient plus ouvrir la porte de sa cellule pour lui donner à manger. Il mourut de faim et d'épuisement. Sa charogne puait. Nous n'avions plus le cœur à plaisanter.

Pour résister, il faut penser. Sans conscience, sans pensée, pas de résistance. À la fin, nous n'avions plus envie de rire de la cruauté du Kmandar. Kif-Kif fut emporté dans une brouette. Nous étions soulagés. Il fallait nettoyer et désinfecter sa cellule. Les gardes attendirent une semaine avant de le faire. Apparemment, ils étaient gênés, car M'Fadel nous dit, entre deux râles :

« Ordre du Kmandar ! »

Après cet épisode plus grotesque que comique, je me remis à prier et à méditer dans le silence de la nuit. J'invoquai Dieu par ses multiples noms. Je quittai doucement la cellule et ne sentis plus le sol. Je m'éloignai de tout jusqu'à ne voir de mon corps que l'enveloppe translucide. J'étais nu. Rien à cacher. Rien à montrer. De ces ténèbres la vérité m'apparut dans sa lumière éclatante. Je n'étais rien. Un grain de blé dans une meule immense qui tournait lentement et nous broyait l'un après l'autre. Je repensai à la sourate de la lumière et je m'entendis répéter le verset : « Tu vois combien est puissante la ténèbre de cette lumière. Étends ta main devant toi, tu ne la distingueras même pas. »

Je méditai et compris que des voiles successifs tombaient jusqu'à rendre les ténèbres moins opaques, jusqu'à apercevoir un minuscule rayon de lumière. Peut-être que je l'inventais, l'imaginais. Je me persuadai que je le voyais. Le silence était un chemin, une voie pour revenir à moi-même. J'étais silence. Ma respiration, le battement de mon cœur devinrent silence. Ma nudité intérieure était mon secret. Je n'avais pas besoin de l'exhiber ni de la célébrer dans cette petite solitude qui sentait le moisi et l'urine. Après quelque temps de grande lucidité, je retombai dans la meule qui tournait au ralenti.

13

C'était un adjudant, un simple adjudant, mais le sous-officier le plus puissant d'Ahermemou. Grand, fort, des yeux profonds, un regard direct, il avait fait l'Indochine et était l'homme de confiance du commandant A. Il s'appelait Atta. Un Berbère, un homme des plaines, un personnage de nulle part. Il était marié et avait sans doute des enfants. Mais rien ne laissait deviner sa situation familiale. Il donnait l'impression d'être sans famille, sans amis. Une discipline et une rigueur métalliques. Il était craint et respecté. Il parlait très peu et avait une des voix les plus fortes du camp. Avec son crâne rasé, il ressemblait à l'inspecteur Kojak. On savait qu'il était plus important que tous les officiers de l'école, que lui et le commandant avaient un pacte, un lien secret, quelque chose qui nous échappait et nous n'essayions même pas de comprendre.

Ce fut lui qui nous conduisit jusqu'au palais. Le commandant nous devançait. Nous ne le voyions pas. Atta était en contact radio avec lui. Après le massacre de Skhirate, il avait disparu. La plupart des officiers avaient été abattus. Lui était en fuite. Quelqu'un l'aurait vu courir à l'intérieur du palais.

J'ai appris à ma sortie du trou ce qui s'était passé. Effectivement, Atta s'était engouffré dans une des pièces du palais. Il ne recherchait pas le roi mais deux de nos compagnons, deux cadets qui avaient pris l'initiative d'aller au-delà des piscines. Il les trouva dans une chambre, probablement une des pièces royales, en train de terroriser une femme jetée par terre, les jambes écartées par l'un d'eux pendant que l'autre essayait d'introduire le bout de son fusil dans son sexe. Les yeux rouges de fureur, le cadet qui tentait de la violer avec son arme hurlait :

« Là où l'autre mettait sa queue, moi je mets mon fusil ! »

Atta arriva par l'arrière, cria *« Balkoum ! »* (garde à vous). Les deux cadets se mirent automatiquement au garde-à-vous. Il leur donna l'ordre de quitter le palais et s'excusa auprès de la femme, qui était à moitié évanouie. Puis il partit par les cuisines donnant sur la plage.

Les deux cadets furent arrêtés à l'entrée du terrain de golf ; quant à Atta, il ne fut pris que plusieurs jours plus tard.

Il fit partie de notre groupe. Durant plusieurs mois, il ne prononça pas une seule parole. Son attitude ne laissait aucun doute : « J'ai perdu, je paie. »

Un jour, les gardes vinrent le chercher. Il les suivit. Avant de sortir de la fosse, il nous dit en français :

« Adieu !

– Adieu ! » lui répondîmes-nous en chœur.

Pour nous, son heure était arrivée. Exécution sommaire ou séances infinies de torture. On ne pouvait pas deviner. En revanche, nous pensions qu'on allait nous tuer un par un, et que lui était le premier de la liste.

J'apprendrai plus tard par un des témoins que son histoire fut plus complexe. On lui banda les yeux et on l'emmena dans une maison où on lui ordonna de se laver, de se raser et de mettre les vêtements propres qu'on lui avait apportés. Le soir, on lui servit un vrai dîner. Il ne mangea que du pain. Il savait qu'après des mois passés à avaler des féculents il ne fallait pas trop manger. On lui donna un lit, il préféra dormir par terre.

Le lendemain, il demanda à faire sa prière, s'habilla et dit :

« Je suis prêt pour aller chez Dieu. »

Pas de commentaires. D'autres soldats prirent la relève. Ils étaient commandés par un jeune capitaine. Ils le ramenèrent à Skhirate, les mains menottées dans le dos, la tête dans un sac de jute teint en noir. Il était encadré comme si on craignait pour sa vie. Il marchait sans poser de questions, la tête haute. Il se doutait de quelque chose mais ne le montrait pas.

D'autres gardes prirent la relève. Ils lui firent traverser le palais jusqu'à la pièce où il avait sauvé la femme du viol. Rien n'avait changé. Même décor, même tapis, même canapé en cuir noir. Il resta debout toute la journée. On retira le sac noir et on lui mit un bandeau sur les yeux. La nuit, on lui servit à manger. Il demanda aux gardes d'avoir les mains menottées devant. Après consultation du capitaine, il eut satisfaction. C'était juste pour porter la nourriture à la bouche. Il ne prit que du pain et de l'eau. Il s'allongea sur le tapis, tandis que les gardes veillaient. Entre-temps, il leur fit signe de remettre ses menottes derrière le dos. Consultation de nouveau. Accordé.

Il ne dormit pas vraiment. Vers deux heures du matin, le capitaine vint le chercher. Les gardes armés collaient à son corps. Ils quittèrent la pièce. Contrordre. Retour à la pièce. Quand il entra, le capitaine lui retira le bandeau et les menottes, et il se trouva face au roi. Il le salua en se mettant au garde-à-vous. Entre lui et le roi, une distance de dix mètres. Le roi ne disant pas « Repos ! », il resta au garde-à-vous. Atta demeura dans cette position sans bouger.

« Sais-tu pourquoi je t'ai fait venir ?

– Non, Majesté.

– Tu te souviens de ce qui s'est passé dans cette pièce ? »

Il fit mine de réfléchir.

« Oui, Majesté.

— Je veux savoir quels étaient les deux voyous que tu as trouvés là. »

Atta ne broncha pas. Silence. Le capitaine intervint :

« Réponds à Sa Majesté. »

Silence.

« Tu me donnes les noms de ces deux individus, et ce soir tu seras chez toi avec tes enfants. Parole d'honneur.

— Je regrette, Majesté. Je ne sais pas.

— Tu en es sûr ?

— Oui, Majesté.

— Tu ne veux pas sauver ta vie. Tant pis. »

Le roi disparut, suivi de ses aides de camp.

Les gardes entourèrent Atta. Le capitaine lui banda les yeux. Il serra le bandeau très fort. On aurait dit qu'il exprimait de la colère. Il lui remit sur la tête le sac de jute noir et attacha ses mains. Atta ne broncha pas. Il se tenait droit, prêt à être exécuté ou ramené au bagne.

Le capitaine lui murmura :

« Pourquoi protèges-tu ces deux voyous ? »

Il ne répondit rien.

Il fut emmené au milieu de la nuit. On dit qu'il a été abattu en essayant de s'échapper. Tout ce qu'on sait, aujourd'hui encore, c'est qu'il ne revint pas à Tazmamart et qu'il est mort.

14

Si Gharbi avait pour mission de réciter à voix haute le Coran en certaines circonstances, si Karim était désigné pour être le gardien du temps – on l'appelait le calendrier ou l'horloge parlante –, si Wakrine était le spécialiste des scorpions, moi, j'étais le conteur. Unanimes, ils m'ont tous élu pour être le raconteur d'histoires, peut-être parce que certains savaient que mon père était un passeur de contes et de devinettes, ou simplement parce qu'ils m'avaient entendu réciter des poèmes d'Ahmed Chawqui, celui qu'on disait être « le prince des poètes ». Je connaissais par cœur *Les Fleurs du mal* et *Le Petit Prince*. Mais ils voulaient entendre *Les Mille et Une Nuits*. Je ne l'avais pas lu. J'en connaissais certains épisodes, qu'on attribuait à Jha, celui qu'on appelle Goha.

J'eus beau leur expliquer que je ne connaissais pas ce livre, ils ne me croyaient pas et réclamaient avec insistance des histoires. Abdelkader, le numéro 2, un homme timide, réservé, petit de taille et parlant souvent à voix basse, me dit :

« Raconte-moi une histoire, sinon je meurs.

– Mais non, Kader, ce n'est pas une histoire contée par moi qui te donnera de l'énergie pour vivre et supporter tout ce qu'on nous inflige.

– Justement. Moi, j'en ai besoin. Je rêve d'entendre des mots, de les faire entrer dans ma tête, de les habiller avec des images, de les faire tourner comme dans un manège, de les conserver au chaud, et de repasser le film quand j'ai mal, quand j'ai peur de sombrer dans la folie. Allez, ne sois pas avare, raconte, dis, invente si tu veux, mais donne-nous un peu de ton imagination. »

Je regrettais beaucoup de ne pas avoir lu *Les Mille et Une Nuits*. Une question de hasard. On se dit : on a le temps, on met certains livres de côté et on oublie de les lire. Mon père avait une immense bibliothèque. Une bonne partie était réservée aux manuscrits arabes, dont il faisait collection, l'autre partie était occupée par des ouvrages en français et en anglais. Même s'il ne lisait pas tous les livres, il aimait les acheter et les ranger sur les étagères. Il les faisait relier et les classait par thème. Ma mère protestait, parce qu'elle n'avait pas d'argent pour nous acheter nos manuels scolaires, pendant que mon père allait fouiner chez les bouquinistes, à la recherche d'un vieux manuscrit qu'il payait souvent cher. Mais le fait d'avoir été entouré de livres ne fut pas négligeable dans notre éducation. Tous mes frères et sœurs ont l'amour des livres et de la lecture.

Après le déjeuner – enfin, après les féculents de la mi-journée –, le silence était total. Je sentais que tout le monde attendait. Je me jetai à l'eau sans savoir ce que j'allais raconter, ni comment se terminerait ce conte.

« Il était une fois un homme riche, tellement riche qu'il ne connaissait pas l'étendue de sa fortune. Mais il était avare, très avare. Il épousa plusieurs femmes, mais aucune ne réussit à lui donner un enfant. »

Une voix cria, de l'autre côté du bâtiment :

« Hé ! Décris-nous les femmes. Je veux savoir si elles étaient brunes ou blondes, grosses ou fines, vicieuses ou vertueuses…

– Elles sont comme tu les aimes, belles et sensuelles,

dociles et rusées, vicieuses et amorales, intelligentes et naïves, bonnes à sentir et à caresser, cruelles quand tu les abandonnes, mystérieuses toujours. Voilà, mon vieux, les femmes de cet homme très riche avaient toutes les qualités et en même temps pouvaient être redoutables. L'une était brune et grasse. Sa chevelure était si longue qu'elle l'habillait de la tête aux genoux. Elle avait de gros seins, trop gros pour tes petites mains. Quand elle se mettait sur le dos, ils débordaient sur les côtés. Elle avait des yeux noirs comme des cerises mûres. Son regard pouvait être terrible. On dit qu'il faisait tomber les oiseaux. L'autre était rousse et mince. Ses taches sur la peau la rendaient encore plus désirable. Sa poitrine n'était ni grosse ni petite. Elle aimait étaler de l'huile sur son corps et masser son maître en le chevauchant. Ses yeux changeaient de couleur selon les saisons et la lumière. Ils étaient tantôt vert-mauve, tantôt marron clair. Je peux continuer ? Donc, je disais que notre homme avait un problème. Il était stérile. Il consulta des médecins dans le monde entier, mais en vain. Ils faisaient tous le même diagnostic : stérilité.

« Avec le temps, et malgré l'or et l'argent, il s'ennuyait. Son obsession d'avoir un héritier le rendit fou et méfiant. Il était convaincu que l'une de ses premières femmes lui avait jeté un mauvais sort… »

Kader m'arrêta et me demanda de décrire avec précision les palais de l'homme riche. C'était facile. J'accumulais les détails et j'inventais un monde extraordinaire.

« Tu sais, un palais, c'est avant tout un lieu où tu te sens bien, où ton corps et ton âme sont en accord harmonieux, où la paix et la sérénité sont la vraie richesse. Le reste, c'est du décor, de l'espace arrangé selon l'idée que tu te fais du bien-être. Évidemment, le confort est appréciable, mais dis-toi une chose, le vrai confort est celui de la paix intérieure. Ce ne sont pas les tapis persans ou de Chine, ce ne sont pas les lustres en cristal de Bohême ou le marbre d'Italie qui procurent la beauté et le bonheur. Disons, pour te faire plaisir, que notre homme riche a fait construire un immense palais où il étalait les signes de sa fortune. Mais malgré la soie et le cristal, malgré les jardins et les fontaines, malgré les esclaves à son service, il n'était pas heureux. Tu vois, il avait tout, tout sauf une chose que des milliards d'hommes possèdent : la possibilité de rendre une femme enceinte. »

Je repris ensuite le fil de cette histoire, qui se termina trois jours après par cette morale :

« L'avare est celui qui retient tout : l'argent, le temps, les sentiments, les émotions. Il ne donne pas. Il ne donne rien. Donc il ne peut pas donner à sa femme la semence qui apporterait la vie ! »

Devenu conteur, j'alternais le conte et la poésie. Un jour, j'imaginai une histoire incroyable, exagérant les effets des événements, dans le but de ne pas faire tomber mes auditeurs dans la vie qu'ils avaient laissée derrière eux. Pour moi, il était essentiel de ne pas donner de repères historiques ou géographiques. Le conte se déroulait souvent aux temps incertains d'un Orient mythique, le plus chaotique et le plus lointain possible.

Le lendemain, je récitais des poèmes. Moi aussi, j'avais une grande mémoire. Je n'avais pas la puissance de mon père, mais j'étais comme ma sœur cadette, avec laquelle je faisais des concours de récitation de poésie, tantôt en arabe, tantôt en français.

Récitant les premières pages de *Poésie ininterrompue* de Paul Éluard, je butai sur cette strophe, me trompant sur certains mots :

Aujourd'hui lumière unique
Aujourd'hui (…la vie …non) l'enfance entière
Changeant la vie en lumière
Sans passé sans lendemain
Aujourd'hui rêve de nuit
Au grand jour tout se (…délie …non) délivre
Aujourd'hui je suis toujours

Je la répétais plusieurs fois comme si cette référence à la lumière dont nous étions privés me bloquait. Je martelai chaque vers tel un vieil instituteur devenu maniaque, au bord de la perte de la mémoire. « Sans passé sans lendemain », répétaient les autres après moi, certains le disaient en arabe : *bila mâdi bila ghad*. Il y avait de quoi entrer en transes, possédés que nous étions par ces mots que nous nous appropriions, convaincus qu'ils avaient été écrits pour nous. Je revins en arrière et repris le poème à partir de :

Rien ne peut déranger l'ordre de la lumière
Où je ne suis que moi-même
Et ce que j'aime…

Une voix hurla :
« C'est faux ! Ils ont osé déranger et détruire l'ordre de la lumière ! Chez nous, on ne respecte pas la lumière, ni le jour, ni la nuit, ni l'enfant, ni la femme, ni ma pauvre mère qui est certainement morte d'avoir attendu le retour d'un fils disparu… Non, la lumière a été écrabouillée !… »

Gharbi, pour mettre fin à cette agitation, entonna l'appel à la prière. Le silence revint au bâtiment.

Ainsi, je crois qu'avec le gardien du temps, le brave Karim, nous étions les deux bagnards les plus occupés. Je passais mon temps à chercher des histoires. J'avais beau me souvenir de ce qu'on me racontait quand j'étais gosse, il fallait développer, inventer, faire des digressions, s'arrêter un moment et poser des questions. Métier difficile, occupation passionnante.

Après les contes et la poésie, je passais au cinéma. Je racontais des films que j'avais vus à Marrakech à l'époque où j'allais au cinéma une fois par jour. J'avais une passion pour cet art. Je me destinais même à devenir réalisateur. J'avais mes préférences, mes favoris. Je préférais le cinéma américain des années quarante-cinquante. Je trouvais que le noir et blanc donnait à ces histoires une force et une dramatisation qui nous éloignent de la platitude du réel.

« Mes amis, je demande votre attention et un silence complet, parce que je vais vous emmener dans l'Amérique des années cinquante. L'image est en noir et blanc. Le film s'appelle *Un tramway nommé Désir*, c'est le tramway qu'une jeune femme, Blanche Du Bois, emprunte à son arrivée à La Nouvelle-Orléans pour aller voir Stella, sa sœur, mariée à Marlon Brando qui joue ici le rôle de Stanley, un ouvrier d'origine polonaise. Comme vous savez, l'Amérique est constituée d'immigrés venus du monde entier.

« Comment est Stella ? C'est une jeune femme saine et heureuse. Elle et son mari vivent modestement dans un quartier pauvre de La Nouvelle-Orléans. Quant à Blanche, elle n'est pas bien dans sa peau. Il faut dire que son mari s'est suicidé quelque temps auparavant.

— Pourquoi ? cria quelqu'un.

— Écoute, le principal n'est pas là, l'important c'est que cette femme débarque chez sa sœur et va semer la zizanie justement parce qu'elle est déséquilibrée par la perte brutale de son mari.

— Et Marlon Brando, comment est-il ?

— Il est jeune et beau. Il est habillé d'un tee-shirt blanc. Il est souvent de mauvaise humeur, surtout depuis l'arrivée de sa belle-sœur. Je voudrais vous signaler un petit détail : après avoir pris le tramway Désir, Blanche

98

montera dans un autre qui s'appelle Cimetière, et descendra à l'arrêt Champs-Élysées.

– Est-ce que Brando va draguer sa belle-sœur?

– Non. Blanche est fragile. Elle a des problèmes psychologiques. Elle prétend que des difficultés financières l'obligent à vendre la maison de famille. Elle ment. Elle dit une chose puis son contraire.

– Tu veux dire qu'elle "entre et sort dans la parole"?

– C'est ça. Elle ne maîtrise pas ce qu'elle dit. Stanley découvre dans sa valise qu'elle a des bijoux et de l'argent. Pour une petite institutrice, c'est beaucoup. Alors il demande à quelqu'un de faire une enquête sur Blanche avant son arrivée chez eux.

– C'est sans doute une putain!

– Ne soyez pas pressés. Pour le moment, imaginez une table où Stanley et ses amis, dont Mitch, jouent aux cartes. Ils fument, boivent de la bière, rient, plaisantent. Apparaît Blanche, belle, habillée de blanc. Mitch tourne la tête. Il oublie la partie de poker. La caméra suit son regard. Blanche passe et repasse. C'est le coup de foudre. La caméra revient sur Marlon Brando. Son visage exprime du mécontentement. La musique le souligne. La partie se termine. Les hommes se lèvent mais Stanley est en colère. Il s'enivre et devient brutal. Son tee-shirt est trempé de sueur. Gros plan sur le dos immense du jeune Brando qui avance vers Blanche. Sa femme intervient. Il la frappe puis s'en prend à Mitch. Les deux femmes se réfugient chez une amie. Là, on a une belle scène de cinéma: Brando est dans la rue grise, ses vêtements déchirés, il hurle le nom de sa femme. Stella le rejoint. Il se jette à ses genoux. l'enlace et sanglote dans sa jupe.

– Hé, Salim, c'est pas vrai, un homme, un vrai, ne se jette pas aux pieds de sa femme! Tu inventes!

– Non, je n'invente rien. C'est un scénario d'après une pièce de Tennessee Williams.

– Je ne sais pas qui c'est ! Mais chez nous, une femme qui fuit n'a pas le droit de revenir et encore moins d'avoir son homme à ses genoux !

– Bon, ça se passe en Amérique. OK ! Je peux continuer ? Stella – j'ai oublié de le préciser – est enceinte. C'est normal qu'un mari se montre gentil avec son épouse, surtout après avoir été violent.

– Et l'enquête sur Blanche ? C'est une pute, n'est-ce pas ?

– L'enquête nous apprend que son mari est mort jeune, qu'elle a eu des aventures avec des gens de passage. C'est peut-être une prostituée occasionnelle, en tout cas, c'est une femme malade. Elle est mythomane.

– Elle est quoi ?

– Elle ment tout le temps et croit à ses mensonges.

– C'est comme Achar qui croit avoir tué quinze Chinois en Indochine !

– Ça n'a rien à voir. Et puis les habitants de l'Indochine, ce sont des Vietnamiens. Bon, retournons à La Nouvelle-Orléans. Stanley apprend la vérité à son ami Mitch. Stella part à l'hôpital pour accoucher. Stanley et Blanche se trouvent seuls, face à face. Très belle scène. Brando va dire ses quatre vérités à la pauvre Blanche. Ils échangent des insultes. La tension monte. Brando saute sur elle et la viole. Blanche devient folle. Elle hurle, divague. Un médecin et une infirmière viennent la chercher. Stella accouche. Elle est en pleurs. Elle dit à Stanley que plus jamais il ne la touchera. Elle se réfugie chez une voisine avec son bébé. Stanley hurle son nom. De sa chambre, elle l'entend à l'infini. Blanche a été internée. Mitch a perdu ses illusions et le tramway continue de transporter des âmes blessées à travers la ville.

– C'est tout ?

– Oui, c'est tout.

– Mais pourquoi Brando viole sa belle-sœur ?

– Parce qu'elle l'attirait et l'exaspérait. Le viol est l'expression d'un déséquilibre… »

Avec le temps et la détérioration lente et sûre de mes capacités physiques et aussi mentales, je ne parvenais plus à tenir mon auditoire en haleine. J'avais mal aux os, mal à la colonne vertébrale parce que je dormais recroquevillé. La douleur, que j'arrivais à dépasser lors d'un long travail de concentration et de détachement, prenait le dessus dès que je m'adressais aux autres. Il y avait là une interruption dans le processus qui me permettait d'être ailleurs. Alors je devins un conteur plein de trous. Je n'étais plus en mesure de remplir mon rôle. J'avais besoin de me ressaisir, de m'isoler en quelque sorte, alors que nous étions tous dans un isolement total, livrés à toutes les maladies et au désespoir. Tous les jours, Abdelkader réclamait des histoires. Il me suppliait :

« Salim, mon ami, notre homme de lettres, toi dont l'imagination est magnifique, donne-moi à boire. Pour moi, chaque phrase est un verre d'eau pure, une eau de source. Je me passerai de leurs féculents, je partagerai avec toi ma ration d'eau, mais, s'il te plaît, raconte-moi une histoire, une longue et folle histoire. J'en ai besoin. C'est vital. C'est mon espoir, mon oxygène, ma liberté. Salim, toi qui as tout lu, toi qui te souviens de tous les vers, des points et des virgules, toi qui recrées l'autre monde où tout est possible, ne me laisse pas tomber, ne m'oublie pas. Ma maladie ne peut se soigner qu'avec des mots et des images. Grâce à toi, pendant quelques instants j'ai été Marlon Brando. Je marche dans ma tête comme il marche dans les films. Je regarde les femmes dans ma tête comme il les regarde dans la vie. Tu m'as fait un cadeau. Dès que ton récit s'est arrêté, je n'étais plus Marlon Brando. J'aime tes métaphores, j'adore ton ironie, tu me fais voyager et j'oublie que mon corps est meurtri. Je vole, je marche, je vois des étoiles et je ne sens plus la douleur qui ronge mes reins, qui me mine de l'intérieur. J'oublie qui je suis et où je me trouve. Tu crois que j'exagère, que je te dis tout ça pour faire l'intellectuel. Mon niveau scolaire est très modeste. Moi aussi, j'aurais aimé être un artiste, mais je n'en ai pas les moyens. Depuis que tu nous contes *Les Mille et Une Nuits*, la survie ici est plus supportable qu'avant. Jamais je n'aurais pensé que j'aime tant écouter des histoires. Quand nous étions à Ahermemou, je t'observais et je remarquais qu'après chaque permission tu revenais avec des livres. Moi, je rapportais des gâteaux faits par ma mère et des jeux de cartes. Je t'enviais. Tu te souviens, un jour je t'ai demandé de me prêter un livre ; tu m'as donné à lire des poèmes, j'ai essayé de comprendre, mais j'ai renoncé. Une autre fois, tu m'as donné un roman policier. J'avais bien aimé, mais ça se passait en Amérique. J'aurais voulu une histoire qui se passe chez nous, dans mon bled, à Rachidia. Tout ça pour te dire qu'il faut absolument te remettre à nous emmener en voyage avec tes histoires. Là ce n'est plus pour passer le temps, c'est pour ne pas crever, oui, j'ai le pressentiment que si je n'entends plus tes histoires, je dépérirai. Je sais que tu n'as plus beaucoup de forces, que ta voix est enrouée à cause du froid, que tu as encore perdu une dent cette semaine, mais je t'en supplie, remets-toi au travail. »

Je fus si impressionné par cette demande que je promis qu'après les féculents du soir je lui raconterais l'histoire des deux belles jumelles qui épousent deux frères nains. Malheureusement, je fus terrassé par une forte fièvre et je m'endormis assis dans mon coin, la tête contre le mur froid. Je n'arrivais plus à parler, ni à me lever, j'étais dans un état second, entendant des bruits, mais ne comprenant rien à ce qui se passait autour de moi. Durant quelques jours, j'eus la surprise de perdre mes repères. Je ne savais pas où j'étais ni ce que je faisais dans ce trou. Je délirais, la fièvre montait, et puis, un matin, après une semaine d'absence, je me réveillai, épuisé. La tête me tournait, et le premier nom que je prononçai fut celui d'Abdelkader. Lhoucine me dit qu'ils étaient venus le chercher la veille. Ils l'avaient enveloppé dans un sac en plastique, tiré le corps jusqu'à la porte. Quand ils furent dehors, l'Ustad avait entamé la lecture du Coran. Il s'était laissé mourir, c'était un suicide, car il avait vomi du sang. Il avait dû avaler quelque chose de tranchant. Je ne le saurai jamais. Je me dis qu'il serait mort même si j'avais eu la force de lui raconter des histoires. Il s'accrochait aux mots, qui constituaient pour lui l'ultime espoir. Il affirmait souvent qu'il était mon ami et qu'il espérait sortir un jour de là pour vivre cette amitié à l'air libre. Il était du genre à tout partager, à tout donner. Un jour, il me dit : « Avec toi, je partagerai tout ce que Dieu m'aura donné, tout, y compris mon linceul ! » Il fut sans doute enterré sans linceul, sans toilette, jeté à même la terre et recouvert de chaux vive. Un des gardes me le confirmerait plus tard.

15

Quelque chose d'inébranlable et de puissant s'était installé en moi. Je n'avais jamais connu cet état-là auparavant. Je savais que ma mère ne revenait jamais sur une décision. Lorsqu'elle a renvoyé mon père de la maison, jetant ses affaires dans la rue, il eut beau lui envoyer des messagers, des bouquets de fleurs, des soieries, rien n'y fit. Il n'avait plus rien à faire dans sa vie, dans sa maison. Cette fermeté était admirable. Elle la tenait elle-même de sa mère, qu'on appelait « la Générale », une femme de caractère, dure avec les hommes, tendre avec ses enfants, lucide et sans illusions sur le monde. Ma mère la citait souvent en exemple.

Je pensais à ces deux femmes lorsque je sus que je m'en sortirais, que je ne serais pas vaincu. Mon intuition était forte, claire, sans ambiguïté. Les premiers mois, les premières années, je n'avais pas d'intuition. J'étais vidé et de l'espoir et de la faculté de sentir les choses venir. La mort d'Abdelkader m'avait beaucoup affecté, peut-être parce que je me disais que j'aurais pu l'aider comme il me le demandait, peut-être qu'il aurait tenu quelques mois encore. Je savais qu'il était malade. J'étais malheureux parce que la maladie m'avait empêché d'être conscient au moment où il rendit l'âme. Je suppose qu'il a dû m'appeler pour le soutenir dans ses derniers moments. Peut-être savait-il que j'étais inconscient et que je me battais avec la fièvre ! J'aurais tant aimé lui raconter une dernière histoire, le faire voyager sur les ailes d'un superbe oiseau qui l'aurait transporté vers le paradis.

Une certitude : quel que fût le degré de la foi et de la croyance de ces compagnons morts de souffrance et de tristesse, ils méritaient d'aller au paradis. Ils subissaient une vengeance à la cruauté infinie. Même s'ils avaient commis des erreurs, même s'ils s'étaient mal comportés, ce qu'ils endurèrent dans cette fosse souterraine était de l'ordre de la plus terrible des barbaries.

À partir du moment où je me mis à tenir ce genre de propos, j'eus l'intime conviction qu'ils ne m'auraient pas. Parfois, je me sentais même étranger vis-à-vis des autres prisonniers. J'avais honte. Je priais pour mon âme et la leur. J'entrais dans le silence et l'immobilité du corps. Je respirais profondément et j'invoquais la lumière suprême qui se trouvait dans le cœur de ma mère, dans le cœur des hommes et femmes de bien, dans l'âme des prophètes, des saints et des martyrs, dans l'esprit de ceux qui ont résisté et ont vaincu le malheur par la seule puissance de l'esprit, de la prière intérieure, celle qui n'a pas de but, celle qui vous emmène vers le centre de gravité de votre propre conscience.

Cette lumière, c'était l'esprit qui me guidait. J'étais prêt à leur abandonner mon corps, pourvu qu'ils ne s'emparent pas de mon âme, de mon souffle, de ma volonté. Il m'arrivait de penser aux mystiques musulmans qui s'isolent et renoncent à tout par amour infini de Dieu. Certains, accoutumés à la souffrance, la domptent et en font leur alliée. Elle les conduit à Dieu jusqu'à se confondre avec lui et perdre la raison. Ainsi, l'intimité du malheur ouvre grand leur cœur. Moi, elle m'ouvrait de temps en temps certaines fenêtres du ciel. Je n'étais pas parvenu à ce stade admirable où ils proposent leur corps aux sanglots de la lumière. Ils font tout pour hâter l'heure de la rencontre décisive. Ensuite, ils se perdent dans l'exil des sables.

Je tenais quant à moi à rester conscient et à maîtriser le peu de choses qui était encore en ma possession. Je n'avais absolument pas l'âme d'un martyr. Je n'avais aucun désir de déclarer que « mon sang est licite » et qu'ils pouvaient le répandre. Je frappais le sol avec mes pieds, comme pour rappeler à la folie menaçante que je ne serais pas une proie pour elle.

Mes rhumatismes rendaient tout mouvement difficile, sinon impossible. J'étais assis dans la position la moins dure possible. Le froid montait du ciment. Cela prenait des heures avant d'atteindre un état d'insensibilité. Je ne sentais plus ma peau. Je partais, je voyageais. Ma pensée devenait limpide, simple, directe. Je la laissais m'emmener sans bouger, sans réagir. Je me concentrais jusqu'à devenir cette pensée même. Lorsque j'arrivais à ce stade, tout devenait plus facile. C'était ainsi que je me trouvais, la nuit, seul dans la Kaaba déserte, face à la pierre noire. Je m'en approchais doucement et je la caressais. J'avais la sensation d'être projeté plusieurs siècles en arrière, et en même temps d'être lancé dans un futur radieux. Je passais la nuit à la Kaaba, jusqu'à l'aube, au moment de la première prière. Les gens faisaient leurs ablutions, priaient et ne me voyaient pas. J'étais transparent. Seul mon esprit était là. Cette liberté ne pouvait pas être fréquente. Je ne pouvais pas en abuser. Il me fallait rejoindre la fosse, mon corps et mes douleurs.

Le vent qui poussait mon esprit vers l'est s'était immobilisé. Plus rien ne bougeait. Aucune feuille ne tremblait. C'était le signe du retour. Fin du voyage. J'allais vivre dans l'attente d'un autre départ, l'oreille attentive en direction du sas. J'étais devenu très sensible au mouvement de l'air, cet air qui nous maintenait en survie, qui, en passant par là, nous apportait les nouvelles du monde et repartait chargé de nos silences, de notre lassitude, et des odeurs d'hommes pétris dans la moiteur fétide d'un mouroir où il fallait rester debout.

16

Pendant longtemps, j'ai oublié que j'avais un père. Je ne pensais pas à lui, il ne figurait pas parmi les images qui me visitaient. Un jour, je le vis en rêve : lui dont l'élégance vestimentaire était légendaire, la démarche droite et le regard fier, m'apparut place Jamaa El Fna, à Marrakech, dans une gandoura sale et rapiécée, pas rasé, le visage fatigué et les yeux emplis d'une infinie tristesse. Il faisait le conteur à côté d'un charmeur de serpents et n'avait presque pas de public. Les gens passaient, le regardaient, puis s'en allaient, le laissant seul en train de raconter l'histoire d'Antar le Valeureux libérant Abla la Belle qui avait empoisonné son maître. Il était pitoyable : un homme fini, humilié, bafoué par le destin. J'étais là, je l'écoutais, il me regarda puis me dit :

« Ah ! tu es le fils du grand cheikh, le Fqih, l'ami des poètes et du roi. Mais que fais-tu par là ? Tu n'es pas mort ? Ton père t'a déjà enterré. J'étais à tes funérailles. Pour se faire pardonner d'avoir un fils indigne, il a convoqué la famille, les autorités et même les journalistes, il t'a maudit puis a procédé à ton enterrement. Il y avait même un cercueil où il avait déposé tes affaires, tes livres et toutes les photos où tu apparaissais. Il a fait un discours, et moi j'étais chargé de lire le Coran sur ta supposée dépouille. Donc tu n'es pas mort ! Approche, viens près de moi, n'aie pas peur. Je sais, je n'ai plus d'eau pour me laver, j'ai maigri, je mange des féculents que le cafetier du coin me donne de temps en temps. J'essaie de raconter des histoires, un peu pour passer le temps, un peu pour gagner quelques dirhams afin de m'acheter une belle djellaba en laine mélangée à de la soie. Je l'ai déjà commandée. J'ai fait mes calculs : à raison de dix dirhams par jour, je pourrai la mettre dans moins de cent jours. Tu verras, dès que je l'aurai, je serai un autre, je redeviendrai l'homme de lettres et l'ami des puissants que j'étais dans une autre vie. »

Cette vision de mon père, où les situations étaient inversées, me fit sourire. Dire qu'au moment où je le voyais en guenilles, il devait être auprès du roi en train de le distraire. Peut-être jouait-il aux cartes avec lui tout en faisant des commentaires bourrés d'astuces, d'insinuations fines et assez salaces pour provoquer le rire royal.

Pour lui, non seulement j'étais mort, mais je n'avais jamais existé. Il ne voyait personne susceptible de lui rappeler que l'un de ses fils était dans un bagne. Ma mère refusait de le revoir. Mes frères et sœurs étaient meurtris par cette histoire, et lui vivait au palais, à la disposition du moindre signe royal. J'appris par la suite qu'il avait aidé la plupart de ses enfants en leur obtenant des bourses d'études, des postes dans l'administration, pourvu que mon prénom ne fût jamais prononcé devant lui. Son visage d'homme d'esprit à la féodalité tranquille tellement elle était naturelle me visitait de temps en temps. Je le voyais toujours en blanc, majestueux, comme s'il était échappé d'une autre époque, d'un autre siècle. Je ne lui en voulais pas. Je ne lui en ai jamais voulu. Il ne fut ni l'objet de mon admiration, comme pour certains de mes frères, ni celui de ma haine. Certes, il ne m'était pas indifférent, mais moi aussi, comme lui dans le rêve, je l'avais retiré de ma vie. En fait, c'est lui qui était parti sans vraiment partir. Il avait épousé une autre femme et menait une double vie. Il revenait de temps en temps, choisissant le moment où ma mère était au travail. Il prenait quelques belles djellabas et disparaissait. Ma mère en tira les conséquences et ferma définitivement sa porte en le répudiant. Elle alla chez le juge et demanda le divorce. J'avais dix ans. Pour moi, cet homme que j'avais vu si peu ne nous appartenait pas. Grâce à ma mère, je n'eus à son égard aucun sentiment, ni bon ni mauvais. Elle en parlait en bien, disant qu'il avait une autre famille, qu'elle ne lui voulait aucun mal, qu'elle préférait une situation claire et saine. Elle devait souffrir mais n'en laissait rien transparaître dans son comportement.

Je me disais, dans le silence de la fosse :

Qu'aurait-il pu faire ? J'ai mal agi, même si je n'ai rien planifié. Je n'ai pas désobéi. Je suis entré dans le palais sans me poser de questions. J'offensais le roi et la confiance qu'il avait en mon père. J'étais censé exécuter les ordres de mes supérieurs. J'aurais pu refuser de suivre les autres. Une rafale de mitraillette m'aurait sans doute éliminé. J'aurais pu me mettre de l'autre côté et défendre la monarchie. Je n'y ai pas pensé. Peut-être que le spectacle de ce massacre m'avait tétanisé. J'étais figé, les yeux exorbités, la langue sèche et la tête lourde. J'avais le soleil en plein visage. Je ne voyais que des images rapides et j'étais incapable d'agir. La condamnation à dix ans de prison était lourde, mais elle devint légère en comparaison de ce que nous subissions dans le bagne de la mort lente. Est-ce que mon père aurait pu démissionner ? Non. Quand on est au service du roi, on ne démissionne pas. On se soumet, on obéit, on dit toujours « Oui, notre Seigneur », on se fait tout petit, on ne fait jamais répéter le roi, même si l'on n'a pas bien entendu son ordre, on dit

« N'am Sidna » et on se débrouille pour deviner ce qu'il a dit. Mon père vivait dans cet univers, et il en était fier et heureux. On me relatera plus tard le cas du fils d'une importante personnalité qui avait le titre de « représentant spécial de Sa Majesté ». Ce fils, militant d'extrême gauche, avait été condamné à une quinzaine d'années de prison pour atteinte à la sûreté de l'État. C'était l'époque de la paranoïa générale. On emprisonnait des étudiants, souvent brillants, pour simple délit d'opinion. C'était aussi l'époque où le général Oufkir, ministre de l'Intérieur, décida par une circulaire lue à la radio d'arabiser en quelques mois l'enseignement de la philosophie, dans le but d'écarter des programmes des textes jugés subversifs et qui auraient poussé des étudiants à manifester. Le roi aurait convoqué le père et lui aurait reproché en des termes très vifs d'avoir négligé l'éducation de son fils. Cet homme vénérable, d'une grande intégrité morale et politique, eut une attaque et sombra dans le coma durant plusieurs années.

Mon père n'était disposé à tomber dans le coma pour personne. Ce n'était pas son genre de se sentir responsable de sa progéniture. Donc à quoi bon ressasser cette question ? Alors que lui, il aurait dit « Je n'ai pas de fils », ou bien « Ce fils n'est pas le mien », moi je n'ai jamais dit, et je ne dirai jamais, « Je n'ai pas de père », ou bien « Ce père n'est pas le mien », même si j'avais plus de raisons que lui de le penser et de le dire.

Je savais que ce n'était pas aussi simple. Je me battais avec les moyens du bord pour ne pas crever. Je me souviens que, au début de notre arrivée au bagne, Ruchdi, mon ami fassi, me fit la remarque :

« Tu crois que ton père, si bien placé, pourrait nous sortir de là ?

— Impossible, dis-je. Il n'est pas au courant. Personne n'est au courant. C'est le principe même de cet enfermement. Pour ma famille, nous sommes à la prison de Kenitra. Les visites sont interdites. Et puis, mon père, il ne voit le roi que pour le divertir, pas pour lui causer des problèmes. Tu comprends, il vaut mieux oublier que j'ai un père, et surtout un père haut placé.

— Quand nous étions encore des prisonniers normaux, me dit Ruchdi, mon père a essayé d'intervenir auprès d'un officier qui était avec lui au lycée. Il lui a répondu qu'il fallait s'adresser plus haut. Une façon polie de refuser. Mais, tout compte fait, tu as raison, personne ne peut rien pour nous. Nous devons nous débrouiller tout seuls. Je veux dire mourir tout seuls. Nous n'existons plus. Nous sommes morts et je suis sûr que nous sommes rayés du registre de l'état civil. Alors, à quoi bon se bourrer le crâne d'espoirs insensés ? Je parle, je parle beaucoup parce que ça me donne l'impression d'exister et même de résister. Mais nous sommes les produits de l'oubli. Nous sommes l'oubli même. Il m'arrive parfois de penser sérieusement que je suis mort, que nous sommes dans l'au-delà, en enfer. Je le crois si fortement que j'en pleure. Je te le dis à toi et aux autres qui m'entendent : il m'arrive de sangloter comme un gamin. Tu te rends compte ? Un fils de grande famille, endurci par l'armée, laisse tomber des larmes sur ses joues. Je ne trouve rien de honteux à ça, mais c'est l'unique preuve que j'ai pour me convaincre que je ne suis pas mort. Dis-moi, toi qui as beaucoup lu, tu crois qu'après ce trou, quand on retournera à la vie et qu'on mourra d'indigestion ou d'un accident de voiture, tu crois qu'on ira au paradis ?

— Dieu seul le sait. Je ne peux pas répondre à cette question. Mais fais comme moi, prie, et ne pense à aucune récompense. On doit prier sans rien attendre en échange. C'est ça, la force de la foi.

— Explique-toi, Salim.

— Je prie à l'infini. Je prie Dieu dans le but de m'abstraire du monde. Mais, comme tu sais, le monde est réduit à si peu de choses. Je lutte non pas contre le monde mais contre les sentiments qui rôdent autour de nous pour nous attirer vers le puits de la haine. Je ne prie pas pour, mais avec. Je ne prie pas dans l'espoir de... mais contre la fatigue de survivre. Je prie contre la lassitude qui menace de nous étrangler. Voilà, mon cher Ruchdi, la prière c'est la gratuité absolue. »

Plusieurs images se succédaient dans ma tête. Elles se confondaient, trébuchaient, tombaient sur le sol ou partaient vers un horizon gris. Des images en noir et blanc. Ma tête refusait d'accueillir de la couleur. Je voyais mon père marcher en se prosternant souvent, il se penchait comme s'il devait ramasser quelque chose de précieux. Devant lui, le roi. Une démarche assurée. Il se retournait de temps en temps en faisant un geste apaisant de la main. Mon père pressait le pas tout en restant à plus d'un mètre du roi. Ce devait être la règle. L'esprit de mon père ne devait pas se reposer. Il fallait trouver des astuces, des jeux de mots, des plaisanteries salaces mais jamais vulgaires. Il fallait surtout repérer le moment propice pour les dire. Être un bouffon, un magicien, un fin psychologue, un devin, un voyant, une présence rassurante, telle était la fonction de mon père. Il devait anticiper, prévenir et réagir vite. C'était plus qu'un métier, une vocation.

Avoir l'esprit en alerte. Pas de fatigue, pas de relâchement, pas de doute. Ses méninges et sa mémoire ne connaissaient pas de repos. Ce qui ne lui laissait pas une minute pour penser à son fils. Savait-il l'enfer où son patron m'avait exilé ? Et même s'il l'avait su, qu'aurait-il dit ou fait ? Rien.

Il était essentiel pour moi de chasser ces images. Je les balayais d'un revers de la main et voilà qu'elles revenaient, encore plus précises, plus proches. Jamais je n'avais vu le visage de mon père en aussi gros plan.

Il était impressionnant. Il avait sur la peau les traces d'une maladie d'enfance. Il les cachait avec du fond de teint. Comme une femme, comme une coquette, mon père soignait son visage. L'autre image, celle du roi, était fixe, impénétrable. Il regardait quelque chose au loin. Peut-être derrière ce regard mystérieux y avait-il une pensée, celle nous concernant ? Enfin, j'osais supposer qu'il pensait à nous. Il m'arrivait même de me poser la question : est-il au courant ? Sait-il que nous existons sous terre ? Bien sûr, un homme secoué par deux coups d'État ne peut pas oublier les rebelles. Tiens, j'ai dit « rebelles » ? Moi, je n'étais pas plus rebelle que n'importe quel autre citoyen marocain dégoûté par la corruption généralisée et l'indignation dans laquelle on maintenait tout un peuple. Mais j'étais un soldat, un sous-officier armé qui obéit aux ordres. Pourquoi nous avoir arrachés à la prison de Kenitra pour nous jeter dans ce trou ? C'est quoi, cette logique ? Ah, la petite goutte d'eau sur le crâne rasé ! Ah, le supplice chinois marocanisé avec la brutalité qui s'enlise dans l'oubli ! Ah, la rédemption par la souffrance lente et pernicieuse ! Il n'y a pas de logique, juste un acharnement, une punition qui s'étale dans le temps et sur tout le corps.

Je rabâchai ces mots dans ce rêve étrange quand je vis l'image du roi s'approcher de moi et l'entendis me dire : *Debout ! Je sais, tu ne peux pas te mettre debout. Tu cognes ta tête contre le plafond. Alors reste accroupi et écoute-moi bien : ne te demande plus si je pense à vous ; j'ai d'autres choses à faire qu'à penser à un ramassis de traîtres et de félons. Tu as levé la main sur ton roi – je sais que tu n'as pas utilisé ton arme – alors tu dois le regretter toute ta vie, simplement apprendre à regretter, dans ce trou, jusqu'au Jugement dernier. C'est ainsi, ton père a oublié de t'éduquer, moi pas. Alors ne fais plus venir mon image dans cette fosse puante. Je t'interdis de penser à moi ou de mêler mon image à d'autres visages !*

J'étais abasourdi. Était-ce bien sa voix ? J'avoue l'avoir oubliée. Mais un roi ne daigne pas s'adresser à un pauvre sous-officier qui ne peut même pas se mettre debout.

17

Le numéro 6, Majid, ne cessait de demander l'heure à Karim. On aurait dit qu'il avait un rendez-vous ou qu'il attendait un train. Il répétait après lui l'heure, puis ajoutait :

« C'est bon, c'est excellent, nous approchons du but. Remarque, cela dépend non seulement de l'heure, mais aussi du jour. Karim, dis-moi, s'il te plaît : quel jour sommes-nous ?

— Nous sommes samedi.

— Excuse-moi alors, je me suis trompé de jour. En principe, s'il vient, ce sera un vendredi, juste après la prière de la mi-journée.

— Mais de qui parles-tu ?

— Comment, tu n'es pas au courant, toi qui connais le temps avec une précision diabolique ?

— Justement, le fait de compter le temps ne me permet pas de m'occuper d'autre chose.

— Moha. Tu sais, l'homme qui dit toujours la vérité, parce qu'il n'a rien à perdre. Il viendra nous libérer. Ce n'est pas une blague. Je ne suis pas devenu fou. Je suis en contact avec lui par la pensée. Nous nous parlons. Il me dit souvent de s'armer de patience. Je lui réponds qu'elle ne se vend plus au marché. Cela le fait rire. Ah, la patience ! C'est vrai que c'est tout ce qui nous reste. Moi, j'en ai acquis assez pour la partager avec celui qui veut bien m'accompagner. Quand Moha viendra, il sera invisible, mais il se fera annoncer par le parfum du paradis. Ouvrez bien vos narines. Faut pas rater cette occasion. »

Personne ne contrariait Majid. C'était un Berbère d'Agadir. Il était petit, sec, et avait l'œil vif. Ce fut à cause de la cigarette qu'il perdit la raison. Il fumait deux paquets par jour. À l'école, il lui arrivait de se réveiller au milieu de la nuit pour fumer. Tous les hivers, il crachait ses poumons. La cigarette était sa drogue, sa raison d'exister, sa passion, son but. Il n'aimait pas les cigarettes de l'armée, les « troupe ». Tout son argent était dépensé en l'achat de cartouches de cigarettes américaines.

Presque dix ans après son enfermement, il n'arrivait pas à oublier la cigarette. Sa toux avait empiré. La nicotine l'aurait peut-être calmé. Avec le temps, il ne réclamait plus de cigarette mais divaguait d'un sujet à un autre. Il avait inventé ce personnage providentiel, qui lui tenait compagnie. Moha avait la faculté de traverser les espaces et les années, de passer sans être vu. Majid disait l'entendre. Je pensais au début qu'il faisait un travail sur la spiritualité, qu'il s'évadait aussi de son corps souffrant du manque de nicotine. Cela aurait pu être une issue à sa douleur. Mais très vite j'ai dû déchanter. Le pauvre Majid n'était plus des nôtres. Il n'avait plus sa tête. Il ne parlait plus de Moha, mais de tous ceux que nous avions enterrés :

« Ceux que vous avez enterrés ne sont pas morts. Je le sais. Je suis le seul à le savoir. Alors je vous informe : ils font semblant. Soyez prêts à les rejoindre. Ils nous attendent de l'autre côté de la colline. Ils sont tous là : Larbi, Abdelkader, Mostafa, Driss, Ruchdi, Hamid... Ils font le mort pour tromper les gardes. Ils attendent le moment propice pour s'évader. La chaux vive qu'on verse sur leurs corps les réchauffe et les réveille. Non seulement ils s'évadent, mais ils en profitent pour jeter les gardes dans les tombes. C'est pour ça que certains gardes boitent. Bientôt ce sera la grande évasion, enfin la liberté, et nous fumerons toutes les cigarettes du monde. »

Son ami Karim essayait de le raisonner. Majid faisait semblant de l'écouter et même d'être d'accord avec lui, puis il repartait dans ses divagations, en insistant de plus en plus sur les morts qui n'étaient pas morts et qui seraient dehors pour préparer notre évasion. Il avait sa logique :

« Écoute, Karim, tu sais bien qu'il n'y a qu'une seule façon de sortir d'ici : les pieds devant. Alors tous ceux qui nous ont quittés avaient compris qu'il fallait simuler la mort, se faire enterrer rapidement, et puis se dégager de la chaux vive et aller se réfugier dans le bois voisin, pour revenir bien armés nous libérer. Je te jure que c'est vrai. Je ne te raconte pas de bobards. Il est même dit dans le Coran, et l'Ustad Gharbi peut te le confirmer, que ceux qui meurent victimes d'une injustice sont vivants chez Dieu. »

Gharbi intervint pour rectifier :

« Il s'agit des martyrs. Je ne sais pas si nous correspondons à la définition que Dieu donne des martyrs. »

Là-dessus, une discussion mi-religieuse mi-politique s'engagea entre nous. Qui étions-nous ? Quel était notre statut ? Étions-nous des soldats félons ? des prisonniers politiques ? des victimes d'une injustice ? Nous étions punis après avoir purgé le cinquième de notre peine. De Kenitra nous avons été kidnappés et jetés dans cette fosse. La justice, leur justice, celle qui avait paradé devant la presse, devant nos regards abrutis, le crâne rasé, la chemise propre, nous avait bernés. Nous étions des soldats que des officiers supérieurs avaient égarés. Nous étions armés par eux et ils nous

avaient dit, quelques minutes avant d'arriver à Skhirate
« Notre roi est en danger, allons le sauver. Les ennemis
sont déguisés en invités et en joueurs de golf ! » Qui
étions-nous alors : des cadets manipulés ou des traîtres
consentants ? Comment savoir ce qui se passe dans la
tête d'un élève officier, quand il se trouve ébloui par une
lumière si forte, livré à lui-même, sa mitraillette à la
main, et qu'on lui donne l'ordre de tirer ?

Un certain moment, je fus attiré par le green du terrain de golf. C'était tellement bien taillé, si régulier, si
brillant, si vert, d'un vert subtil, sans qu'il y ait la
moindre imperfection. Je marchais sur ce gazon aussi
confortable qu'un beau tapis, quand un homme, je crois
un étranger, me héla :

« Non, non, pas avec vos brodequins ! Vous êtes en
train de massacrer ce gazon. Non, allez marcher ailleurs,
ou bien retirez vos brodequins. »

Pendant ce temps-là, les balles sifflaient dans tous
les sens, des hommes très bien habillés, bien coiffés,
tombaient comme des mouches. Je quittai le green sans
me rendre vraiment compte de la gravité de ce qui se
passait. J'oubliai même mes appréhensions et mes
intuitions, que je partageais silencieusement avec
Ruchdi.

Depuis cet instant précis, j'ai perdu le sens de cette
tragédie. Tuer le roi ! Mais à qui cela aurait servi ? Pour
le remplacer par une junte militaire ? Des généraux, des
lieutenants-colonels, qui se seraient partagé le pouvoir
et la fortune du pays ? Avec le temps, j'ai beaucoup
réfléchi : heureusement que nous avions échoué. Non,
je précise : heureusement qu'ils avaient échoué ! Ah, la
dictature militaire que le commandant A. et son adjudant Atta nous auraient concoctée ! Je les connaissais
bien. Je suis bien placé pour le savoir et en parler. Mais
qui m'entend encore, dans ce trou ?

Majid, comme s'il avait lu dans mes pensées, dit :

« Tu as raison. Moha est de ton avis. Que peut-on attendre de militaires qui croient plus à la force qu'à la justice ? Si nous nous trouvons ici, dans ce tunnel, c'est de leur faute. Ils ne nous ont pas demandé notre avis. De toute façon, ce n'est pas militaire de chercher à savoir ce que des élèves officiers pensent. C'est pour ça qu'il faut s'évader. Il n'y a que la ruse des morts pour nous aider. Les vivants ne peuvent rien pour nous. Mais nous aussi, nous sommes morts. Nous séjournons en enfer, c'est une erreur, une malheureuse erreur judiciaire. La preuve que nous faisons semblant d'être vivants, c'est que ceux que nous considérons comme morts, eux, font semblant d'être morts et nous attendent pour quitter ce pays. »

Je décidai de ne pas le contrarier. À quoi bon ? Il survivait avec cet espoir. Il disait qu'il attendait Moha. Il ne cessait de demander l'heure. Karim, lassé, lui avait répondu que la montre s'était arrêtée. Il pleurait. Il fallait intervenir, lui dire quelque chose de rassurant, aller au-devant de sa folie. Je me fis passer pour Moha et lui parlai. Je n'avais aucun mal à m'exprimer à la place de ce personnage que Majid avait interpellé dans son désespoir. J'étais Moha. J'avais son allure, sa voix et sa force de conviction :

« Tu sais, toi l'impatient, dont le temps ne cesse de brûler et d'être avalé par cette nuit immobile, toi qui crois que les morts sont des comédiens qui jouent sur une scène habitée d'ombres et de fantômes, toi dont l'inquiétude grossit dans les ténèbres, sache que je ne suis qu'une rumeur, un feu déguisé en clarté, une parole qui sort de tes viscères puis tombe dans le puits. Ma voix est portée par le vent, même si celui-ci est chargé de sable et brouille les pistes. Toi seul tu pourras te sortir du tunnel. Pour cela, il te faudra une volonté féroce, une force d'esprit plus puissante que le rêve, plus lumineuse que la prière. Je n'habite pas dans l'arbre. J'habite les pensées qui font mal, déchirent ma peau et pourtant me soulèvent au-dessus des montagnes et des forêts qui sommeillent. Je m'en vais. Je suis déjà loin. Je te rends à toi-même, à ta solitude et à ta raison ! »

Ces paroles furent suivies d'un grand silence, qu'interrompit Karim en donnant l'heure. Majid ne dit rien. Quelques jours plus tard, je sentis qu'il était agité dans sa cellule. Je l'appelai et il ne répondit pas. Après les féculents du soir, nous entendîmes le bruit d'un corps qui se débattait.

Majid fut le seul qui réussit à se pendre dans ce bagne. Il avait noué tous ses habits afin d'en faire une corde, il se la passa autour du cou, serra de toutes ses forces, accrocha le bout de sa chemise au sas d'aération et se coucha sur le sol en poussant la porte avec ses pieds, ce qui finit par provoquer une strangulation.

Il était tout nu. Son corps était meurtri. On aurait dit des traces de cigarettes éteintes sur sa peau. Il était léger et avait les yeux ouverts, injectés de sang.

Sa mort n'était pas une comédie. Son visage ne portait pas de masque. Hélas ! il ne faisait pas semblant.

18

Tombé du ciel, comme un message ou une erreur. Un pigeon ou une colombe s'était glissé dans le sas central et était tombé dans le silence de notre obscurité épaisse. L'Ustad Gharbi n'eut pas de doute :

« C'est une colombe. Je m'y connais. »

Personne ne chercha à le contrarier. Pour nous, c'était un événement qui venait du ciel. Ce n'était ni un enterrement ni une crise de douleur. Il nous arrivait quelque chose que personne n'aurait pu prévoir.

La colombe volait en butant contre les murs. L'Ustad l'appela en imitant le roucoulement des pigeons. Elle se dirigea vers sa cellule mais n'avait pas d'ouverture par où passer. Elle s'était tapie dans un coin, elle dormait probablement. Quand les gardes ouvrirent la première cellule, elle s'y engouffra. Elle se trouva hôte de Mohammed. Les gardes ne se rendirent compte de rien. Comme d'habitude, ils étaient pressés de déposer leurs féculents et de partir.

Mohammed était heureux comme un enfant. Il lui parlait, nous disait qu'elle était un signe du destin, qu'il fallait en prendre soin et en faire un messager :

« On va l'adopter, lui donner un nom. Ce sera notre compagne et nous la dresserons afin qu'elle porte des messages au monde extérieur, à nos familles, peut-être même aux militants des droits de l'homme… »

L'Ustad rétorqua :

« Tu devrais me la passer et je lui apprendrai à nommer Dieu. Toutes les colombes connaissent Allah. »

Bourras, le numéro 13, d'habitude silencieux, se montra très excité par cette présence :

« Nous l'appellerons Hourria : Liberté ! »

Mohammed lui disait, en lui donnant à manger :

« Hourria ! ô notre Liberté, tu es venue ici nous apporter un message. Je suis sûr que tu n'es pas tombée ici par hasard. Qui aurait pu t'envoyer ? Dans tes pattes, il n'y a ni bague ni lettre. Alors c'est Dieu qui t'a dirigée vers ce trou. »

Son voisin, Fellah, numéro 14, était lyrique :

« Ô ma colombe, symbole de paix et de joie, si tu es là aujourd'hui, c'est parce que Dieu a eu pitié de nous, et qu'une grâce royale aura été prononcée en notre faveur. Après tout, nous ne sommes pas responsables de ce que les autres ont fait. »

Notre horloge parlante intervint, catégorique :

« Ce n'est pas dans les mœurs du palais de nous prévenir par l'envoi d'une colombe. Si un jour nous sommes graciés, on le saura quand on mangera mieux et qu'un médecin viendra nous ausculter. Si on doit sortir, il faut que nous soyons en bonne santé. Cela dit, cette colombe est un bienfait de Dieu. Elle nous apporte un peu de divertissement. »

Mohammed n'était pas de cet avis :

« Un divertissement ? Non, un événement. Quelqu'un s'adresse à nous. Pour le moment, je la garde. Elle me tient compagnie. »

Protestations des autres :

« Non, elle appartient à nous tous, dit Bourras.

– Soyons démocratiques : on se la partagera équitablement. Elle passera une journée et une nuit chez chacun d'entre nous », dit Fellah.

Ce fut ainsi que Hourria passa de cellule en cellule

au moment où les gardes servaient les féculents. Ils riaient de nous. L'un d'eux dit :

« Ne la mangez pas vivante, vous auriez des coliques. »

L'autre ajouta :

« Elle est peut-être piégée. Elle doit porter en elle une maladie contagieuse. Vous devriez changer son nom et l'appeler El Mouth (la Mort). »

Pendant quelques instants je le crus. Mais la logique de la perversité dont nous étions victimes ne cadrait pas avec cette hypothèse. Je repensais à l'épisode des scorpions et je me demandais encore s'ils n'avaient pas été introduits par les gardes pour nous empoisonner. La colombe était arrivée toute seule. C'était la colombe du hasard. Elle nous occupa un bon mois. Elle dormait avec nous, mangeait nos féculents. Elle partageait notre sort et ne manifestait aucune nervosité ni envie de repartir. Pourtant, un jour, nous décidâmes de lui rendre sa liberté. Ce fut Mohammed qui en parla le premier :

« Il n'y a pas de raison de garder cet animal prisonnier dans ce bagne. Il vaut mieux le laisser partir.

— Mais elle nous manquera, dit Bourras.

— C'est vrai, ajouta Karim, nous nous sommes habitués à sa présence. »

J'aurais bien aimé attacher à sa patte un message, un appel au secours, juste pour qu'on sache que nous n'étions pas tous morts. Mais je n'avais ni papier, ni crayon, ni ficelle. Alors, comme dans un songe, je lui ai parlé :

« Hourria, quand tu auras retrouvé la liberté, quand tu seras dans la lumière et que tu voleras vers le ciel, arrête-toi un moment sur la terrasse d'une maison, la mienne, celle où je suis né, celle où vit ma mère. Elle est à Marrakech, dans la Médina. Tu la reconnaîtras : c'est l'unique terrasse peinte en bleu, alors que toutes les autres sont rouges. La porte est toujours ouverte. Tu

descends et tu vas dans la cour. Au milieu, un citron-
nier et une source. Ma mère aime cet endroit pour se
reposer. Tu iras vers elle et tu te poseras sur son épaule.
Je suis certain qu'elle comprendra que tu es venue de
ma part. Il suffit de la regarder et elle lira dans tes yeux
mon message : Ma chère maman, je suis vivant, je
t'aime, ne t'en fais pas pour moi. Grâce à Dieu, grâce à
la foi, je m'en sortirai. Je pense souvent à toi. Je m'en
veux de te faire du mal en ayant agi comme tu sais.
Prends soin de toi, c'est important. Dis à mon petit
frère que je pense beaucoup à lui, dis à Mahi que j'ai
appris à jouer aux cartes et qu'à la sortie je lui prouve-
rai que je suis un champion. Dis à mes sœurs que je
pense à elles. À très bientôt. Que Dieu te garde pour
nous tous, diadème au-dessus de nos têtes, lustre de
grâce et de lumière. »

Chacun voulait agir de même, la charger de messages, qu'elle soit le témoin de notre détresse. Je la gardais soigneusement sur mes genoux, pendant que des
phrases fusaient des cellules :

« Dis à mon père que son Abdeslam est en vie. Il
habite à El Hajeb.

— Dis à ma fiancée Zoubida qu'elle m'attende. Je sortirai bientôt.

— Va sur la tombe de mes parents à Taza et dis une
prière.

— Va à Skhirate déposer tes crottes sur le gazon du
golf.

— Dis à ma sœur Fatema qu'elle se marie avec le cousin. Je ne serai pas à leur mariage.

— Préviens Amnesty International des conditions dans
lesquelles nous survivons.

— Va, vole libre… profite de la liberté !

— N'oublie pas d'aller à la mosquée et de demander
qu'on fasse plusieurs fois la prière de l'absent, pour tous
ceux qui sont morts parmi nous…

— Si tu vas à Jamaa El Fna, à Marrakech, arrête-toi chez le maître des pigeons, celui qui les dresse pour leur faire jouer des pièces de théâtre. Dès qu'il te verra, il saura d'où tu viens et quel message tu apportes.

— Moi, je ne te demande rien. Je n'ai pas de message à envoyer ou, plus exactement, je n'ai personne à qui envoyer un message. Alors, pars où tu veux, reviens quand tu veux et dis aux autres pigeons que nous les attendons. »

La fosse ressemblait à un souk le jour de la vente aux enchères. Tout le monde parlait à cette pauvre colombe, comme si elle était capable de transmettre tous les messages. J'étais mal placé pour le leur reprocher. J'avais commencé le premier. À présent, un vent de folie traversait le bagne. Le délire, la cacophonie, des mots incompréhensibles, des images absurdes. La colombe n'était plus un oiseau, mais une personne venue récolter les messages des uns et des autres.

Le lendemain matin, dès que la porte fut ouverte, je la libérai. Elle tourna, affolée, puis un garde l'attrapa et la poussa vers la sortie.

Elle nous manqua. Nous y pensions avec un sourire, nous rendant compte combien notre détresse était grande.

19

Mourir de constipation. Personne n'y avait pensé. On dit « mourir d'amour » ou « mourir de soif et de faim ». Bourras mourut parce qu'il n'arrivait pas à éjecter ses excréments. Il les retenait, ou plutôt une force intérieure les empêchait de sortir, ils se tassaient jour après jour jusqu'à devenir aussi durs que du ciment. Le pauvre Bourras n'osait pas en parler. Il fit la grève de la faim, espérant se débarrasser de tout ce que son estomac avait accumulé. Il n'en pouvait plus, gémissait, cognait le mur avec ses pieds, et puis un jour il poussa un cri si long et si strident que les gardes durent intervenir. Ils ne firent rien, constatèrent la situation et éclatèrent de rire. Plus ils riaient, plus Bourras criait :

« Je vais mourir étouffé par la merde. Je ne peux plus attendre, donnez-moi un médicament, je vous en supplie, quelque chose pour dissoudre ce bloc de ciment. »

Pas de réponse. Ils claquèrent la porte. On entendait leurs rires et leurs commentaires :

« Nous déranger parce qu'il ne peut pas chier !

– Et en plus il demande qu'on l'aide ! Tu te vois, toi, en train d'aller chercher sa merde dans son cul avec une petite cuiller ? Beurk !

– Arrête, tu vas me faire vomir…

– S'il en crève, tu vois le Kmandar faire un rapport à l'état-major pour dire que l'élément numéro 13 est mort parce qu'il n'a pas pu chier…

– Quelle merde !

– Ah ! tu l'as bien dit, quelle merde ! »

Lhoucine tailla une sorte de cuiller dans le manche du balai qu'il avait gardé :

« Tiens, je te jette ce morceau de bois. Essaie doucement, sans forcer, sans te blesser, surtout calme-toi. »

Nous étions tous attentifs, pensant dans le silence impudique à cet homme encombré. Dire qu'il suffirait d'un suppositoire, un peu d'huile de ricin, pour le soulager. Mais nous n'étions pas dans la vie. Nous étions dans un trou pour crever. Chacun sa malchance. Qui aurait dit que cet homme costaud, un grand gaillard des montagnes, allait un jour mourir, le ventre gonflé comme un ballon ?

Je l'entendais, je l'imaginais, et j'avais des frayeurs. Cela pouvait arriver à n'importe lequel d'entre nous. Nous ne faisions aucun exercice, nous avions toujours les mêmes féculents sans goût, sans épices. A partir de ce jour, je décidai de faire plus régulièrement de la gymnastique, dans la mesure du possible. L'espace ne m'autorisait pas beaucoup de mouvements, mais, même assis ou accroupi, je tenais à bouger les jambes et les bras, à sautiller, à faire des exercices simples et efficaces : je me mettais sur le dos, les pieds contre le mur, et je les ramenais, les genoux pliés vers ma poitrine. Ensuite je marchais en canard, allant d'un mur à l'autre. Il fallait que mes muscles travaillent.

Bourras s'était tranché l'anus en forçant sur le morceau de bois. Il saignait mais n'éjectait rien. À un moment, il s'énerva de nouveau, poussa un dernier grand cri, puis tomba. Épuisé par tant d'efforts, il avait dû perdre connaissance. Il mourut le lendemain. Avec la mort, les sphincters s'étaient relâchés. Le corps avait tout expulsé. Le sang mêlé aux excréments dégageait une puanteur suffocante. Les gardes ne riaient plus quand ils le découvrirent. La main sur la bouche et le nez, ils nous dirent, un peu embarrassés :

« On aurait pu le sauver ; on a cru que c'était une ruse pour nous jouer un tour. Vous le savez, Bourras était connu pour faire des blagues. Comment croire que la constipation donne la mort ? Bon, il va falloir nettoyer tout ça, sauf si le Kmandar juge que vous méritez cette merde. »

Était-ce par calcul ou par pitié ? On sut par un autre garde que désormais un produit était mélangé aux féculents pour rendre le transit plus facile. Il n'y eut plus de cas de constipation tragique.

Le grotesque de certaines situations nous empêchait d'être tristes. Au fond, la tristesse n'avait pas cours chez nous. Nous n'étions ni tristes ni gais. Le chagrin n'avait pas prise sur nous. Dès que l'un d'entre nous se laissait prendre au piège de la mélancolie, il dépérissait. Quelqu'un de triste a la chance d'être dans la vie. Car sa tristesse est un moment dans sa vie. Ce n'est pas un état permanent. Même quand le malheur frappe cruellement, il arrive un temps où l'oubli s'installe, et la tristesse s'éloigne. Nous, nous n'avions pas cette possibilité. Car la tristesse était un moindre mal, une petite contrariété qui se lave à l'alcool chez certains. Là, nous n'avions pas droit aux sanglots. Il n'y avait personne pour les recueillir, pour les faire cesser. Ceux qui pleuraient savaient qu'ils n'en avaient plus pour longtemps. Les larmes coulaient pour nettoyer le visage que la mort n'allait pas tarder à embrasser.

Cette nuit-là, je perdis les repères. Étais-je éveillé ou bien était-ce un rêve absurde où tout se mélangeait ? La mort en robe blanche sur laquelle on avait collé des papillons encore vivants ? C'était une image qui sentait mauvais. D'autres images se succédèrent dans ma tête endolorie :

La meule. La maison. La tête en bas. Je marche sur les mains. Je croupis. Faut ajouter : dans un trou. La tête est tombée. Le sol s'est penché. La meule tourne. C'est ma tête que je vois. Elle est jetée au milieu de la cour. Le tronc mort d'un vieil olivier est à côté. Je cours dans la maison. Ma mère m'appelle. Ma voix est captive. C'est jour de fête. Je suis absent. Je les vois tous. Personne ne me voit. Je flotte sur une eau saumâtre. Je cherche la source. Je cherche la mer. Tiens, une araignée. Elle voile le soleil. Je tends le bras pour toucher la lumière, pour tomber dans son aveuglante clarté. Je n'ai pas sommeil. Ma mère brûle de l'encens. Mes sœurs montent sur la table et dansent. Quelqu'un dit : « Je suis pris de court. » Je mords ma main droite. Je perds d'un coup trois dents. Je tire sur ma tignasse. Elle est drue. Pas un cheveu qui tombe. Dans ma barbe vivent des fourmis. Non, ce ne sont ni des poux ni des morpions. Je dis bien des fourmis. Elles vont et viennent. Je secoue ma barbe. Elles s'accrochent. La mort passe à côté. On dirait qu'elle est pressée. La pierre noire est sur un plateau de la balance. Sur l'autre, je dépose une bague. La meule avance et fait tout basculer.

20

C'était l'époque où mes haltes sur le chemin de la spiritualité se multipliaient et m'enseignaient des choses simples mais essentielles.

Dans l'exercice que je mettais au point pour une plus grande concentration, je voyais une femme dans la nuit. Elle était toujours de dos, elle me parlait ; je l'écoutais et ne cherchais pas à voir son visage. Elle avançait lentement et me demandait de la suivre dans son pèlerinage autour des sept saints de Marrakech, âmes protectrices des gens démunis, des morts et des survivants.

Sept hommes. Sept étapes. Sept prières. Des visages ouverts sur l'éternité, une leçon de renoncement, un apprentissage de la solitude et de l'élévation. Je connaissais les sept saints. Quand j'étais petit, ma mère m'emmenait avec elle pour les visiter, un par un. Elle s'adressait à eux comme s'ils l'entendaient, comme s'ils étaient vivants dans la tombe recouverte de tissu de soie vert ou noir, brodé de calligraphies coraniques en fil d'or. Elle leur racontait sa vie, ses peines et ses fatigues. Elle leur demandait de l'aide, de lui donner la force pour continuer. Moi, j'écoutais et ne voulais pas déranger ma mère. Elle n'était pas la seule à faire cette tournée. Que de femmes, que d'épouses malheureuses, des mères éplorées, des jeunes filles pas mariées, d'autres n'arrivant pas à avoir d'enfant ! On avait une voisine dont le mari avait disparu. Deux hommes étaient venus le chercher pour lui montrer une maison à vendre – il était courtier – et il ne revint jamais. Ses enfants s'étaient adressés à la police, qui leur disait toujours la même chose : « Les recherches continuent. Dès qu'on a un indice, on vous prévient. » Mais tout le monde savait que cet homme avait été enlevé et jeté dans une fosse. Son crime aurait été d'avoir été mêlé à une sombre histoire de villa qu'un agent d'autorité haut placé aurait confisquée à un étranger expulsé du Maroc pour des questions de mœurs. Il était chargé par le propriétaire de la vendre. On l'avisa qu'il devait l'oublier, qu'elle n'était pas à vendre et qu'elle n'appartenait plus au Français. Il ne prit pas ces conseils au sérieux, et ce fut ainsi qu'il disparut.

Sa femme, notre voisine, partait tous les vendredis parler aux sept saints. Elle leur demandait justice :

« Qu'on me rende justice ! Que mon homme me revienne ! S'il est mort, s'ils l'ont tué, qu'on me le dise. Je ne dors plus. J'ai préparé son linceul et j'attends. J'ai aussi préparé la chambre nuptiale. Quand il reviendra, on se remariera comme au premier jour de notre rencontre. Nous ne ferons pas d'enfant, mais nous nous aimerons, à l'infini. Soyez mes intermédiaires auprès du Prophète, auprès de la Source de la Vérité, auprès de la lumière qui émane de votre tombeau, pour me dire où est mon mari. Ici, personne ne m'écoute, personne ne me répond. Ici, les hommes sont lâches... » Elle avait accroché un cadenas à la grille d'une des fenêtres du mausolée, l'avait fermé puis avait jeté la clé dans le caniveau. Elle revenait tous les jeudis voir si le cadenas avait été ouvert, signe que le destin allait lui rendre son mari.

Dans ma nuit, je suivais cette ombre. Ce n'était pas ma mère. Peut-être m'avait-elle été envoyée par elle.

Ma mère devait être malade. C'était cela le message. Je devais me concentrer encore plus pour vérifier cette intuition. Ma mère et cette femme à la recherche du mari disparu, ma mère et cette ombre dont je suivais les pas, me parlaient dans mon silence profond. Mon intuition était forte. Je n'avais plus de doute : ma mère était malade. Avec cette certitude, je retombai dans mon corps endolori. J'avais vu son visage pâle, ses yeux fiévreux. Elle souffrait. Ce n'était pas un mal bénin. Non, ma mère était gravement atteinte. J'allais vivre avec cette image, ce qui me donnait encore plus de force et de courage pour résister.

À cette étape sur le chemin de la spiritualité, j'étais entré tout naturellement dans « le pavillon de la solitude limpide », celui où il ne servait à rien de se lamenter, mais où chaque pierre, chaque moment de silence était un miroir où l'âme apparaissait, tantôt légère et confiante, tantôt grave et meurtrie. Ce pavillon était ma conquête, mon secret absolu, un jardin mystérieux où je m'échappais. Je quittais ma cellule et je partais sur la pointe des pieds. Je laissais la carcasse de mon corps, et je m'envolais vers les terrasses ensoleillées de cette grande maison, un peu en ruine, mais qui avait l'avantage de m'accueillir et de me redonner, au bout de ma nuit, l'envie de continuer à marcher.

Là, j'avais tout mon temps pour penser à la pierre noire et au voyage que je me promettais de faire. Pourquoi avoir choisi la Kaaba, La Mecque et Médine ? Ces lieux saints étaient ceux de la religion dans laquelle j'ai été élevé. Pour moi, la religion devait rester une affaire personnelle. Mais que de fois on me dit que l'Islam était notre communauté, notre identité, que nous constituions une nation, la plus belle, la meilleure que Dieu ait créé. J'avais renoncé à la prière quand j'étais à Ahermemou. Je croyais en Dieu, mais il m'arrivait d'avoir des doutes. Depuis ma condamnation à la mort lente par pourrissement du corps, je ne cessais d'invoquer Dieu. Le voisinage de la mort, la destruction de toute dignité, l'oppression perverse rôdant autour de moi m'avaient poussé sur le chemin de cette solitude limpide.

Mon jardin est modeste. Quelques orangers, un ou deux citronniers, au milieu un puits d'eau fraîche, de l'herbe épaisse, et une pièce pour dormir quand il fait froid ou quand il pleut. Dans cette pièce, il n'y a rien, juste une natte, une couverture et un oreiller. Les murs sont passés à la chaux bleue. Quand la lumière du jour s'en va, j'allume deux bougies et je lis. Le soir, je mange les légumes du jardin; quant au pain, c'est une vieille femme, une paysanne de la région qui me l'apporte tous les jours à la même heure. C'est ça, mon secret, ma vie rêvée, le lieu où j'aime m'arrêter pour méditer. Prier et penser à ceux qui ne sont plus là. Je n'ai besoin de rien d'autre. Surtout ne rien posséder, ne rien acquérir, être léger, avec une simple djellaba pour couvrir le corps, être dispos, prêt à tout laisser et s'en aller. Il n'est guère que l'absolu renoncement pour ne plus penser à la mort. Mais, si la mienne ne me préoccupait plus, celle des autres m'affectait. On devrait tous atteindre cet état pour triompher collectivement de la mort. Cependant la maladie, la dégradation lente accompagnée de souffrances, c'était cela le vrai visage de la mort. Le gouffre était ouvert. Certains marchaient dans le noir sans quitter leur cellule, puis ils se faisaient happer par la trappe qui les envoyait à la terre mouillée.

Quand j'étais dans le jardin, j'étais heureux. Je me sentais débarrassé du temps, de la mémoire, de l'injustice et de tout le mal qu'on nous faisait. Mais je ne pouvais pas accéder au jardin uniquement parce que j'en avais envie. Je devais me séparer de ma coquille, prendre le temps de me libérer, passer à un autre monde. Cela n'était pas aisé. Il fallait des conditions exceptionnelles pour réussir à se concentrer, le silence ne suffisait pas. Je n'atteignais jamais une plénitude totale, car je n'arrivais pas toujours à oublier la douleur, surtout durant la période où je perdais mes dents. Non seulement les rages de dents me causaient une souffrance intense, mais elles me faisaient chuter et perdre le fil de mon voyage vers l'idéal de la spiritualité. Impossible de réfléchir, de penser, de lutter. C'était notre torture commune. Que de fois j'essayai d'arracher une molaire et, à force de tirer dessus, elle tombait accrochée à un morceau de gencive vive, redoublant la douleur. J'étais parvenu à maîtriser mon corps dans le grand froid, dans la chaleur étouffante, dans les crises de rhumatisme, mais j'étais vaincu par les rages de dents.

Nos corps pourrissaient membre par membre. L'unique élément que je possédais, c'était ma tête, ma raison. Je leur abandonnais mes membres, espérant qu'ils n'arriveraient pas à atteindre mon esprit, ma liberté, ma bouffée d'air frais, ma petite lueur dans la nuit. Je me barricadais, ne faisant plus attention à leur stratégie. J'appris à renoncer à mon corps. Le corps, c'est ce qui est visible. Ils le voyaient, ils pouvaient le toucher, le couper avec une lame rougie au feu, ils pouvaient le torturer, l'affamer, l'exposer aux scorpions, au grand froid, mais je tenais à garder mon esprit hors d'atteinte. C'était ma seule force. J'opposais à la brutalité des tortionnaires ma réclusion, mon indifférence, mon absence de sensibilité. En fait, je n'étais ni indifférent ni insensible, mais je m'entraînais pour surmonter ce qu'ils nous faisaient subir. Comment être indifférent ? Tu as mal, ta peau est trouée par un métal rouillé, le sang coule, tes larmes aussi, tu songes à autre chose, tu insistes de toutes tes forces pour t'évader, pour penser à une souffrance plus grande. Ce n'est pas en imaginant un champ de coquelicots ou de marguerites blanches que tu t'en tireras. Non, cette échappée est brève, pas assez mystérieuse. Elle est même trop facile. Au début, je m'en allais dans les prairies, mais très vite la souffrance me ramenait au trou. Ce fut là où je compris qu'il fallait annuler une douleur en en imaginant une autre encore plus féroce, plus terrible.

Heureusement, mon imagination n'était pas atteinte. Elle se nourrissait de n'importe quoi : à partir d'un mot prononcé par un des compagnons, je pouvais échafauder toute une histoire. J'aimais deviner l'histoire des mots. Le « café », par exemple. Je passais des heures à imaginer d'où viennent les grains, qui les a découverts, comment on a pensé à les torréfier juste ce qu'il faut pour ensuite les moudre, et comment on a eu l'idée de faire bouillir cette poudre marron foncé, de filtrer le liquide obtenu, de le boire avec ou sans sucre, en ajoutant un peu de cannelle ou d'autres épices... comment c'est devenu une boisson planétaire, une drogue pour les uns, un excitant pour les autres, une habitude pour tous. J'imaginais des champs d'arbustes donnant des grains verts, sur des terrasses de montagnes bien ensoleillées. Je calculais le temps nécessaire entre le jour où l'arbre est planté et le matin où j'entre dans un café et je demande, sans même y penser, sans prêter attention à ce qui se passe autour : « Un petit noir, s'il vous plaît, bien serré... » J'imagine le voyage, les étapes, les intermédiaires, la chaîne des vendeurs et des acheteurs, les usines où l'on traite plusieurs qualités de café, comment on mélange l'arabica avec le robusta, comment on choisit les meilleures récoltes pour les mettre de côté, les proposer aux gens puissants maniaques quant à leur café du matin. Je pense à un palais où un prince ou un roi ne se lève qu'après avoir bu deux tasses d'un arabica bien fort importé du Costa Rica, torréfié par des Italiens et préparé par un chef napolitain… Je pense aussi aux crises de nerfs que le manque de café ou son excès peuvent provoquer. Il y a longtemps que je n'ai plus de crises de nerfs. Ici il paraît qu'on met dans notre breuvage du matin du bromure ou un autre médicament pour que notre sexe reste immobile. Déjà à Ahermemou un cuisinier me l'avait dit. Une fois par semaine, on versait une poudre blanche dans la grande marmite à café. On évitait de le faire la veille des permissions. Je le savais. L'armée s'occupait de tout. Rien ne devait lui échapper. Même quand on était dehors, en famille ou chez les putes, l'armée veillait. On lui appartenait en temps de paix comme en temps de guerre. Là où nous étions, le corps devait tomber par petits morceaux. Chez moi, ce fut mon pénis qui le premier tomba. Je l'avais oublié et je n'eus aucun mal à ne plus me préoccuper de son existence ni de son état. Cela m'amena à réfléchir longuement sur la sexualité en général, et la nôtre, celle des Marocains, en particulier. Je n'étais ni psychologue ni sexologue. Je remarquais certains comportements de mes compagnons, quand nous étions élèves à l'Académie. J'étais comme eux. J'avais une sexualité pauvre, impatiente et quasi bestiale. Je me souviens de nos courtes permissions, celles du soir. La bonté du commandant qui choisissait une dizaine d'élèves pour aller vider leurs testicules dans le village le plus proche. C'était, sans la nommer, « la permission baise ». Chacun son tour. Je me souviens d'une maison éclairée par des bougies, d'une cour intérieure couverte de tapis, des pièces tout autour, où d'autres tapis étaient entassés. Une femme assez grosse assise au milieu d'une de ces pièces, entourée de quatre ou cinq très jeunes filles. Une vieille femme sortant de l'ombre, un plateau de thé à la main, suivie d'une petite fille d'à peine dix ans portant un plat de crêpes au miel. Tout se passait en silence.

Mes compagnons avaient davantage que moi l'habitude de fréquenter cette maison. La grosse, la patronne, appelait l'un de nous par son nom. Elle lui disait :

« Ça fait longtemps qu'on ne vous a pas vus ! Vous étiez punis. L'armée n'a pas pitié de vous, des taureaux empêchés de vivre ! Quel gâchis ! Quand je pense à mes petites, qui passent la journée à fabriquer des tapis et me demandent souvent si on aura de la visite le soir. Je ne sais plus quoi leur dire. »

On bredouillait des phrases sans importance. On buvait le thé en mangeant des crêpes, pendant que chacun cherchait des yeux quelle serait sa partenaire, ou plutôt sa victime, car on faisait ça vite et mal. On était pressés d'en finir, de payer ces malheureuses filles de la montagne et de penser à la prochaine fois. Après le thé, la patronne éteignait les bougies, et, comme si tout avait été réglé d'avance, chacun se retirait avec une fille, sans dire un mot. On entendait dans l'obscurité des chuchotements, le bruit d'une respiration saccadée, puis un cri étouffé, cri d'un homme qui se vidait après quelques minutes. Quand on se relevait, les filles restaient couchées sur le dos, les jambes écartées. Certaines disaient : *Hadou houma rejal ! Bhal lbrak !* (C'est ça, les hommes ! Comme l'éclair !) On se levait un peu honteux, pressés de quitter cette maison. On se mettait en rang et on pissait contre le mur d'en face. On était persuadés qu'on expulsait les microbes qu'on aurait attrapés. Je n'étais jamais fier de moi. Je me promettais chaque fois de ne plus revenir chez la grosse Kaouada, la tapissière proxénète.

21

Ce genre de souvenir m'importait peu. Je n'allais pas faire des efforts pour m'en débarrasser et le brûler, comme j'avais fait avec les autres. Ce n'était même pas un souvenir. C'était une série d'images en gris appartenant à une époque où nous étions quelque peu insouciants, limitant notre ambition à être de bons soldats, de futurs officiers au sein des Forces Armées Royales. Notre niveau d'études n'était pas très élevé, mais nous n'étions pas mauvais. J'aimais lire. C'était une passion. Après chaque sortie, je revenais avec des livres, que j'achetais chez un bouquiniste à Fès. C'était un homme assez âgé. Il était très myope. Il me disait qu'il vendait des livres par amour des femmes, lesquelles étaient ses principales clientes. Il connaissait leurs goûts, leurs préférences. Tel un médecin ou un parfumeur, il savait quoi conseiller à telle ou telle lectrice. Il avait des milliers de bouquins entassés dans un désordre où lui seul se retrouvait. Il me mettait de côté des romans français classiques et des poésies arabes. La lecture était la porte invisible que je franchissais pour m'échapper de cette école militaire, pour oublier la violence de l'instruction, et surtout pour ne plus entendre des sous-officiers analphabètes hurler leurs ordres dans une langue mi-arabe mi-française : « rasslma » pour rassemblement, « gza » pour exempté, « birmissiou » pour permission, etc.

Lorsque j'étais dans le trou, des pages entières du

Père Goriot me revenaient dans ma solitude, souvent en des moments incongrus, quand par exemple j'avais une rage de dents et que je ne pouvais plus ouvrir la bouche. Les mots, les phrases défilaient, je m'entendais les dire comme si j'étais dans une salle de classe en train de faire une dictée ou la lecture à un enfant malade. C'était comme une grâce de Dieu. Par sa volonté, ma mémoire restituait des centaines de pages lues des années auparavant. Pas besoin d'effort pour les remémoriser : elles se déclinaient toutes seules.

« "Vers la fin de la troisième année, le père Goriot réduisit encore ses dépenses, en montant au troisième étage et en se mettant à quarante-cinq francs de pension par mois. Il se passa de tabac, congédia son perruquier et ne mit plus de poudre." »

Certains riaient à ce passage en rappelant qu'un homme ne devrait pas se poudrer. Comment leur expliquer le contexte social et politique de l'époque où écrivait Balzac… Je passais outre et je continuais.

« "Le père Goriot était un vieux libertin dont les yeux n'avaient été préservés de la maligne influence des remèdes nécessités par ses maladies que par l'habileté d'un médecin."

– Qu'est-ce qu'un vieux libertin ? »

Me voilà parti dans une explication de texte et de mots, ce qui nous éloignait du roman et finissait souvent par déboucher sur une discussion politique concernant notre société, ses mœurs, ses hypocrisies et ses mensonges. Ensuite, quand je récitais les lettres que la mère de Rastignac et ses sœurs lui écrivaient, mon auditoire était incrédule et se moquait.

« Raconte-nous un western ou un film policier. On a besoin d'action. »

Je poursuivais ma « lecture », même si cela en ennuyait certains. Je le faisais pour exercer ma mémoire et pour lutter contre le risque de confusion.

Quand j'étais très fatigué, il m'arrivait de recevoir en même temps, pêle-mêle, des pages de Balzac et d'autres de Victor Hugo. Tout se mélangeait dans ma tête, et cela me donnait des migraines, comme si cet encombrement provoquait une contrariété que je ne supportais pas. Je me disais : « Il faut te calmer. Tu as la chance d'avoir une bonne, une très bonne mémoire. Calme-toi, et tout reprendra sa place ! »

Cette fameuse mémoire, ce fut tout ce que nous donna notre père. Comme la plupart de mes frères et sœurs, je suis doué d'une très bonne mémoire. Mon petit frère, celui qui est parti aux États-Unis et a fait des études de comédien à l'Actor's studio, est capable de réciter tous les poèmes des *Fleurs du mal* sans se tromper ni hésiter.

Perdre cette force intérieure allait avoir une conséquence immédiate sur ma situation dans le trou : ma cellule rétrécissait. Les murs s'étaient rapprochés, le plafond s'était abaissé. Il fallait vite réagir et retrouver cette capacité d'être en liaison avec des univers lointains et imaginaires.

Je me rassurais : « J'ai nettoyé ma mémoire. Je l'ai débarrassée des souvenirs trop douloureux à évoquer ; j'en ai brûlé un certain nombre ; je n'ai peut-être pas réussi à tout jeter, ou alors je me suis trompé : j'ai dû brûler les livres à la place des images et des lieux de mon adolescence. Non, il faut mettre de l'ordre. Je me calme. Je respire lentement par le ventre, j'expire aussi lentement, je tends la jambe droite, je lui fais faire des ronds. Je repose la droite et je fais la même chose avec la gauche. Je tends les deux bras. Je touche les murs. Je les soulève en étant assis. Je suis à cinq centimètres du plafond. Il faut que les murs reculent. Je les pousse avec la paume des mains. Je me lève en restant accroupi et j'essaie de soulever le plafond comme si c'était un couvercle. Je répète cette opération toute la journée. Quand, exténué, je tombe, je sais que j'ai réussi à gagner quelques centimètres. Le problème abstrait – celui de la mémoire – peut être résolu en agissant sur quelque chose de concret, l'espace de mon enfermement. Si je réussis à mettre de l'ordre dans ma bibliothèque mentale, je suis sauvé. Les murs ne m'oppresseront plus. Si je m'évade mentalement en retrouvant les personnages imaginés par les romanciers, je n'aurai plus de problème d'espace. »

Ce fut à ce moment-là que j'eus une révélation :

« Si ta mémoire t'abandonne, invente tes propres personnages ! »

En fait, ce n'était pas un abandon. C'était une fatigue, une lassitude. J'avais tellement lu et relu *Le Père Goriot*, suivi des *Misérables*, que la fonction d'enregistrement s'était enrayée. Il fallait des pages neuves, des histoires lues une seule fois. Je passai quelques jours à chercher. Petit à petit, ma bibliothèque fut reconstituée. Il n'y avait pas beaucoup de livres, mais il y en avait un que j'avais lu au moment du concours d'entrée à l'École marocaine d'administration (concours que j'avais raté pour un point), c'était *L'Étranger* de Camus. Ah ! quelle joie, quel plaisir de retrouver ces pages où chaque mot, chaque phrase sont pesés ! Durant un bon mois, je récitais *L'Étranger* à mes compagnons. Je repensais au pauvre Abdelkader, mort parce qu'on ne lui lisait plus d'histoire. Avec Camus, j'étais à l'aise et je me faisais un plaisir de rappeler certains passages. Cela leur conférait une importance magnifique, qui allait au-delà de l'histoire du crime. Un roman raconté dans une fosse, à côté de la mort, ne peut avoir le même sens, les mêmes conséquences que s'il était lu à la plage ou dans une prairie, à l'ombre des cerisiers.

Mes yeux avaient imprimé le texte. Je le lisais comme s'il défilait devant moi sur un tableau ou un écran, sans m'arrêter. De temps en temps, j'entendais quelqu'un crier :

« Répète, répète, s'il te plaît, redis ce paragraphe ! »

Je reprenais avec lenteur, en séparant les mots, laissant aux images le temps de remplacer les syllabes. « Le soleil tombait presque d'aplomb sur le sable, et son éclat sur la mer était insoutenable. » J'insistais sur les mots « soleil » et « éclat ». Je pensais qu'en répétant cette phrase notre fosse serait inondée d'une lumière insoutenable. Je continuais : « Le soleil était maintenant écrasant. Il se brisait en morceaux sur le sable et sur la mer. » Je détachais « le sable » et « la mer », et les répétais. Je poursuivais : « … Au bout d'un moment, je suis retourné vers la plage et je me suis mis à marcher… C'était le même éclatement rouge. Sur le sable, la mer haletait de toute la respiration rapide et étouffée de ses petites vagues. Je marchais lentement vers les rochers et je sentais ma tête se gonfler sous le soleil. » Là, j'avais un doute. C'était « ma tête » ou « mon front » ? Ce n'était qu'un détail et je demandais par avance pardon à Camus si je déformais une de ses phrases.

Chacun avait sa façon de recevoir cette lecture. Moi aussi, j'avais mon magasin d'images. Il était plein à craquer. Il fallait le vider un peu, verser quelques images sur le sol et les regarder mourir après de brefs scintillements. La lecture apportait de nouvelles images. Elles s'amoncelaient, se collaient, se confondaient, puis s'annulaient : le soleil, la plage, la sueur, le sang, des corps criblés de balles, la mer et moi qui « frappais sur la porte du malheur ».

Dressé contre les ténèbres, j'étais comme un puits de mots qui grouillaient. Je ne tenais plus en place. Lire et relire ne suffisait plus à nous occuper. Il fallait inventer, réécrire l'histoire, l'adapter à notre solitude. *L'Étranger* était idéal pour ce genre d'exercice. Sans cette urgence née de la lutte contre la dégradation de notre être, jamais je n'aurais osé toucher à ce roman. Je prenais des libertés avec Camus et je réinventais l'histoire de Meursault. J'inversais les rôles : Raymond, Masson et Meursault joueront tranquillement de la flûte, un dimanche d'été, quand des Arabes, des immigrés, s'en prendront à eux. Il y aura le même soleil, la même lumière, et surtout la même absurdité. Comme dans le roman, seuls les Français seront nommés. Les autres, les Arabes, y compris celui qui va tirer quatre coups de revolver sur Meursault, n'auront pas de nom.

Je me rendis vite compte que le roman de Camus résistait à tout bouleversement. Je repris la lecture normale jusqu'au moment où, par fatigue, je n'arrivais plus à lire les phrases qui défilaient dans ma tête. Une sorte de brume les cachait. Je prévins mes compagnons que la lecture était terminée pour l'instant. Là, comme une rumeur, j'entendis quelqu'un réciter les premières phrases du livre :

« Aujourd'hui, maman est morte. Ou peut-être hier, je ne sais pas. J'ai reçu un télégramme de l'asile : "Mère décédée. Enterrement demain. Sentiments distingués." Cela ne veut rien dire. C'était peut-être hier. »

Une voix poursuivit :

« Aujourd'hui, je vais mourir. Ou peut-être demain, je ne sais pas. Ma mère ne recevra pas de télégramme de Tazmamart, ni de sentiments distingués. Cela ne veut rien dire. C'était peut-être hier. »

Une autre voix :

« Alors, j'ai tiré encore quatre fois sur un corps inerte, où les balles s'enfonçaient sans qu'il y parût. Et c'était comme quatre coups brefs que je frappais sur la porte du malheur. »

22

Rebâtir les choses comme si la fosse n'était pas la dernière demeure. C'était cela lutter, sans cesse, avec patience, avec entêtement, ne pas céder ni penser aux bourreaux, ni à celui qui avait planifié et prévu jusqu'au plus petit détail le chemin par lequel la mort passerait lentement, très lentement, jusqu'à arracher notre âme larme par larme, pour que le supplice s'installe dans le corps et nous diminue à petit feu jusqu'à l'extinction définitive.

Rebâtir les choses avec la tête, éviter les pièges du souvenir. Après tant d'années, je n'avais plus peur de mon ancien, très ancien passé. Il m'était devenu étranger. Quand je me souvenais, je ne craignais plus de mourir à coups de nostalgie. Je n'avais même plus besoin de brûler ou d'arranger les images. J'étais devenu plus fort que la tentation des larmes qui menaient vers un autre tunnel. Je regardais mes souvenirs comme s'ils appartenaient à quelqu'un d'autre. J'étais un intrus, un voyeur. Je voulais revoir le visage de celle qui avait été ma fiancée. Je n'avais aucun mal à le retrouver. Au soleil, au port d'Essaouira, elle est assise sur une chaise bancale ; quelqu'un, qui devait être moi à dix-neuf ans, sourit, pousse le pied de la chaise pour qu'elle perde l'équilibre. Elle rit. L'autre aussi. Elle veut un baiser. L'autre n'ose pas l'embrasser en public, à la terrasse du café du port. Un photographe ambulant passe, les prend en photo et leur dit : « Demain, même heure, même endroit. » Elle se lève. L'autre la suit des yeux, voit la lumière se refléter sur sa longue chevelure. Il a peur qu'elle s'éloigne, peur de la perdre. Il court, l'attrape par la taille, et ils tombent tous les deux sur le sable. Des enfants rient en les observant. Ils se relèvent. Elle regarde sa montre : « Il faut que je parte, mon père ne supporte pas de ne pas me trouver à la maison quand il rentre. À demain, même heure, même endroit ! » L'autre est triste. Il se promène seul sur le sable. Le soleil se couche.

En revoyant ces images, je n'avais aucun sentiment. Cela faisait passer le temps mais ne me concernait pas. Je ne pouvais même pas m'identifier à cet homme amoureux. Je n'en avais plus les moyens. Je me disais « Tant mieux ! », et je me laissais aller à d'autres évocations, où je ne pouvais être qu'un étranger ébloui par ce qu'il croyait voir, abasourdi par ce qui lui arrivait. Passer le temps ! Apparemment, c'était notre principale occupation. Mais le temps était immobile. Cela me faisait rire et n'avait pas de sens. Comme l'ennui. Nous étions devenus des êtres d'ennui, des paquets bourrés d'ennui. L'ennui sentait l'odeur des cimetières quand la pierre est humide. Il tournait autour de nous, rongeait nos paupières, striait la peau et s'enfonçait dans le ventre.

Je savais que mes souvenirs précieux étaient en voyage ; partis de l'autre côté de la nuit ; peut-être attendaient-ils ma sortie du trou pour reprendre leur place. À présent qu'ils étaient loin, mis à l'écart, les revoir ne pouvait pas me nuire. Il ne fallait pas trop insister, ni s'apesantir sur leur effet dans l'état où j'étais. Avec cette petite liberté, je me permettais de jouer avec eux, et même d'anticiper sur l'évolution des événements. Ma fiancée n'était plus ma fiancée. Je n'avais pas le droit de la cloîtrer dans une maison. Je l'avais libérée. Comment le saurait-elle ? J'acquis assez vite la conviction que, pour nos familles et nos proches, nous étions morts. Seule ma mère devait garder l'espoir de me voir encore en vie. Une mère ne se trompe pas quand il s'agit de la vie ou de la mort de son enfant. J'apprendrais plus tard que des inconnus frappaient à sa porte, prenaient un aspect funeste et lui disaient à voix basse, comme s'ils faisaient une confidence : « Votre fils est mort. Il a été exécuté il y a deux mois. On l'a attaché à un arbre, on lui a bandé les yeux puis un peloton de soldats l'a criblé de balles. Vous savez, Madame, nous ne sommes pas autorisés à vous le dire, mais nous sommes tous des musulmans et nous devons avoir de la compassion. Nous sommes à Dieu et à lui nous retournons ! »

Ils disparaissaient, drapés dans leurs djellabas de laine marron, sans lui laisser le temps de poser des questions.

D'autres venaient affirmer le contraire, l'air confiant et jovial : « Votre fils est en vie, il se porte bien, il construit une montagne avec d'autres officiers. C'est un secret. Une surprise. Faut pas en parler. »

Heureusement que ma mère ne croyait que ses propres intuitions.

Je recevais d'elle des messages. Un pressentiment. Je savais qu'elle savait. Ma fiancée ne me connaissait pas assez pour être liée en pensée avec moi. Après le choc de la prison de Kenitra, où elle était venue me rendre visite deux fois, elle comprit que son avenir n'était pas dans une vie commune avec moi. Elle avait pleuré. Des larmes d'adieu. Et puis il y eut le dernier regard, celui qu'on jette sur un malade condamné. Elle me fixa des yeux, les larmes coulaient sur ses joues, puis elle se tourna et partit d'un pas décidé, rapide. Je m'étais interdit d'avoir de la peine ou des regrets. Tout ce que j'avais connu et vécu avant le 10 juillet 1971 ne devait plus compter, me tourmenter ni envahir ma cellule.

Avec le temps, je m'étais calmé et surtout fermé à

tout ce qui pouvait apporter le vent du passé. J'étais en mesure de jouer et même de m'amuser. Je mis plusieurs jours à trouver un mari à ma fiancée. Je le voulais grand, au moins aussi grand que moi au début de mon enfermement ; je le voyais blond, différent de moi, peut-être même européen, un homme cultivé, un professeur de lettres ou un artiste. J'avais envie de lui concocter une belle vie, un homme qui lui offrirait tout ce que je n'avais pas eu le temps de lui donner. Il l'emmènerait en voyage en Grèce, en Italie, en Andalousie. Il l'emmènerait visiter le Prado à Madrid, le Louvre à Paris. Il lui offrirait des livres. Ils les liraient ensemble au lit. Il lui ferait découvrir le théâtre, la musique classique. Il ferait d'elle une Marocaine différente des autres, il la ferait rêver et oublier notre histoire.

Moi aussi, je devrais ne plus penser à cet épisode de ma vie. De quel droit lui choisir un époux ? Peut-être l'avait-elle déjà trouvé et vivaient-ils en parfaite harmonie à Marrakech ou à Casablanca. Peut-être se disputaient-ils souvent et, dans son malheur, pensait-elle à moi, à nous ? Non, j'espère qu'elle ne pense pas à moi. Pas du tout. Je n'avais plus à penser à la beauté émue des êtres et des choses, ni à la douceur d'une nuit d'été, ni à la transparence d'un rêve caressant les yeux mi-clos d'une enfant.

Je ne disais plus rien, persuadé d'être devenu un livre que personne n'ouvrirait.

23

Nous ne sûmes rien de Sebban, qui rejoignit notre groupe au début des années quatre-vingt. Il fut amené par les gardes au moment du repas de la mi-journée. Il était grand, très grand, costaud, la peau mate, le crâne lisse sans le moindre cheveu. Il ne disait rien, ne répondait à aucun appel, à aucune question. Dès le lendemain, je fus chargé de lui expliquer notre emploi du temps et les quelques règles que nous nous étions imposées. Je lui demandai plusieurs fois son nom. Il ne répondit pas. Après quelques instants il dit :

« Sebban. Appelez-moi Sebban.

– D'où viens-tu ? »

Silence.

« Pourquoi es-tu là ? »

Silence.

« Écoute-moi, Sebban. Ici nous sommes organisés. Il faut que je te dise comment nous passons le temps. Le matin, nous apprenons le Coran, en alternance avec des contes. Un jour par semaine, Omar raconte Paris. Il y a passé un mois l'année de ses vingt ans. L'après-midi est consacrée à des discussions en groupe. Depuis un mois, nous débattons de la colonisation. Libre à toi de participer à ces activités. Ce qui est primordial, c'est la trêve de la nuit. Après le dîner, il faut observer le silence, parce qu'il faut se reposer. Oui, même ici, on a besoin de repos. Les parois séparant les cellules sont minces. On entend tout, les soupirs et les ronflements. Si tu es d'accord sur ce plan, dis-le-moi, ou, si tu n'as pas envie de parler, frappe deux coups à ta porte. »

Quand j'entendis les deux coups, je fus soulagé. La nuit, il la passait à faire de la gymnastique. Il faisait des pompes, et on ne pouvait pas ne pas entendre sa respiration forte. Le matin, il dormait. Quelques-uns d'entre nous essayèrent de le pousser à parler, sans succès. Au bout de deux mois, j'obtins, non sans difficulté, l'autorisation de le voir. Le garde, à qui j'avais expliqué le problème, était aussi curieux que moi de connaître le mystère de cet homme. Il me dit même :

« Tout ce que je sais, c'est qu'il faisait partie de la garde royale. Il a dû faire quelque chose de terrible pour se retrouver ici. Peut-être qu'il a manqué de respect à une princesse… va savoir ! »

J'eus toute la matinée pour parler avec lui. Quand le garde ouvrit sa porte et l'éclaira avec sa lampe, je remarquai tout de suite qu'il était fiévreux, ses lèvres tremblaient. La sueur coulait sur son front. Je renonçai à lui poser les mêmes questions qu'au moment de son arrivée. Il attendit le départ du garde avant de balbutier quelques mots. Tout en gardant son bras droit derrière le dos, il me dit dans un français approximatif :

« J'aime sport. Ici, j'ai tout le temps faire sport.

— Est-ce vrai que tu appartenais à la garde royale ?

— Je sais pas.

— Que caches-tu derrière ton dos ?

— Rien. Walou, rien…

— Pourquoi as-tu le bras derrière le dos ?

— Comme ça. Walou…

— Alors, montre-le-moi. Je peux le voir ? »

Après quelques instants, il se tourna en pivotant sur place et me dit :

« Regarde.

— Je suis désolé. Ici, il n'y a jamais de lumière. Je te

propose d'attendre le retour du garde, qui éclairera la cellule avec sa lampe. En attendant, dis-moi ce que c'est. »

Il me dit :

« J'ai mal, beaucoup mal.

– Depuis quand ?

– Oh, depuis la deuxième semaine de mon arrivée. »

Quand le garde vint me chercher, il dirigea sa lampe sur le dos de Sebban, et là je vis un bras cassé, le coude sorti, la chair gangrenée. Il pivota de nouveau et se mit face à la porte.

Le garde me demanda :

« Il en a pour combien, à ton avis ?

– Je ne sais pas. À moins que les cafards ne le bouffent avant que la gangrène ne gagne tout le corps. »

Ce qui se produisit. Il fut dévoré vivant par des milliers de cafards et d'autres insectes qui avaient déserté nos cellules. Les gardes avaient peur d'ouvrir sa porte. Ils demandaient s'il était encore vivant. On entendait alors le bruit d'un coup de pied ou deux contre sa porte. Le jour, l'odeur de la mort planait autour des cellules. La nuit, une chouette entama un chant lugubre, signe que la fin était proche. Hibou ou chouette, comment le savoir ? Avec le temps, nous avions appris qu'après un chant de ce genre le malade mourait dans la quinzaine. Au début, on ne faisait pas attention. Ce fut Karim qui le remarqua.

J'appelai plusieurs fois Sebban :

« Si tu m'entends, dis n'importe quoi, ou frappe un coup à la porte. »

Au bout d'une heure, j'eus la certitude qu'il était mort. Le lendemain, les gardes ouvrirent la cellule et l'éclairèrent, puis ils refermèrent violemment la porte, partirent en courant et en pestant. Dans leur fuite, l'un d'eux renversa le café.

Ils revinrent l'après-midi, le visage protégé par un

masque et les mains gantées. Ils eurent peur de le toucher. Ils me proposèrent de m'ouvrir pour les aider.

La gangrène s'était rapidement répandue. Je vis des vers sortir de la plante de ses pieds. Il y avait tellement de cafards qu'on eut du mal à dégager le corps et à le mettre dans le sac en plastique. Il fallait absolument tuer ces milliers de cafards. L'un des gardes apporta une poudre empoisonnée utilisée par l'armée dans la lutte contre les sauterelles. Ce produit était très dangereux. Je fus obligé de porter un masque et des gants. En quelques minutes, tous les cafards furent à terre. Ils tombaient par grappes. Le garde apporta une brouette et une pelle pour les ramasser.

La mort de Sebban nous débarrassa des cafards. J'avais gardé un peu du produit, que j'étalai au seuil de toutes les cellules. Le garde me dit que ce n'était pas loyal.

« Si on ne les tue pas, ils nous dévoreront tous en quelques jours. Or, ici, la mort doit prendre son temps. Je ne suis peut-être pas loyal, mais je suis cohérent. Mourir, d'accord, mais à petit feu !

– Tu parles comme le Kmandar ! »

Oui, j'avais assimilé l'esprit et la technique. Le garde, pour la première fois, me salua.

24

Dans chaque groupe se faufile un salaud. À l'école, nous avions dans notre section un mouchard, un lâche et un emmerdeur. Il était naturel que l'un de ces trois personnages se retrouvât parmi nous dans le bagne.

En tout homme se dissimule une part de vulgarité. Celui qui en avait la plus grande part, la plus insupportable, c'était Achar. Un être à la limite de l'animalité. Une bête qui singerait l'homme. Achar n'était pas seulement vulgaire, il était aussi méchant. Il m'inspirait du dégoût. Et puis, je m'étais ravisé : Achar ne méritait de ma part aucun sentiment. Il fallait être indifférent tout en réagissant quand c'était nécessaire. L'indifférence n'était pas l'absence mais la répudiation de tout sentiment.

Achar était l'emmerdeur que rien n'arrêtait. C'était un type plus âgé que nous. Un sergent-chef, analphabète, grossier, brutal et content de l'être. Il avait été soldat en Indochine et gardait de cet épisode des souvenirs qu'il inventait ou trafiquait. Pour lui, les Vietnamiens étaient des « Chinois ». Quand il parlait d'eux, il utilisait des termes insultants et racistes.

Il s'était trouvé mêlé au coup d'État par hasard. Il était monté clandestinement dans un des camions qui quittaient Ahermemou. Il voulait profiter de ce voyage pour régler un contentieux avec un cousin épicier à Rabat. Nous sûmes tout cela très vite, car il avait passé les premières années à maudire son cousin le matin au lever et le soir avant de dormir. Il lui souhaitait une mort atroce :

« Que Dieu te fasse écrabouiller par un char et que tu ramasses tes tripes avec tes propres mains et que tu ne meures pas tout de suite. »

Ou alors :

« Que Dieu te donne la dingue, cette fièvre d'Indochine qui rend fou, jusqu'à ce que tu dévores tes mains doigt après doigt. »

Achar était mauvais. Avec lui, je découvris l'envie et la jalousie, deux maladies assez répandues dans la vie normale mais qui n'avaient rien à faire dans notre bagne. Pourtant Achar les y fit entrer, leur permit de se développer et d'empoisonner notre piètre existence.

Sa cellule était en face de la mienne. Sa façon de s'occuper consistait à empêcher une discussion entre plusieurs prisonniers ou à passer la nuit à ânonner pour nous énerver. Nous n'avions aucun moyen d'agir sur lui. Je compris qu'il fallait l'intégrer à tout ce que nous faisions, malgré son analphabétisme. Je décidai de lui apprendre le Coran, abandonnant le groupe qui avançait assez rapidement dans l'apprentissage du Livre sacré. Il disait :

« Pourquoi vous et pas moi ? Moi aussi, je suis un homme, un bon musulman, je suis un homme d'expérience. Les Chinois se souviennent de moi ! »

Il eut du mal à se concentrer et surtout à prononcer correctement les mots. Il fallait découper les mots syllabe par syllabe. Il répétait après moi, puis criait, hurlait sa haine du Coran et de l'Islam. Là, je le punissais. Je ne lui parlais plus, jusqu'à ce qu'il demande pardon. Je le faisais prier. Je sentais qu'il râlait contre son ignorance. Au bout d'un mois, il fut capable de réciter, sans se tromper, la Fatiha, la première sourate. Il avait une réelle volonté de rejoindre le groupe et d'être considéré comme les autres ; mais il n'arrivait pas à maîtriser sa jalousie.

Le jour où le garde me permit de visiter Sebban, il devint furieux :

« Pourquoi le garde te parle, te choisit, toi, et pas moi ? Moi, je suis plus vieux, je suis lanciane (l'ancien). Comment fais-tu pour être bien vu ? Dis, qu'est-ce que tu lui donnes ? Pourquoi toi et pas moi ? Hein ? Dis, réponds, je suis un ancien d'Indochine. Les Chinois, je les connais. Toi, tu es comme eux. Tu ne parles pas. Tu es chournois (sournois). Tout se passe *men tiht el tiht*, de bas en bas. »

Je ne lui répondais pas. Je le laissais dans sa hargne. À la fin de la journée, il me relançait :

« Et si on reprenait la sourate de la Vache ?

— Pas ce soir. Demain. À présent, c'est l'heure du silence. Tais-toi et essaie de penser en suivant le rythme de ta respiration. Apprends à apprécier le silence. Dis-toi que se taire est reposant pour toi et pour les autres, surtout pour les autres. C'est important pour nous d'avoir du silence. Ça peut remplacer la lumière qui nous manque.

— D'accord. Tu ne m'en veux pas ? Tu me diras ce que Sebban t'a dit ? Il est mort, donc tu peux parler. Tu promets, hein, Monsieur chournois ?

— Achar, tais-toi, sinon, demain, pas de Coran. »

Il se taisait, mais je l'entendais marmonner avant de s'endormir. Il lui arrivait de rêver à voix haute. Il me réveillait par ses cris et ses mots incompréhensibles. Lorsque je le lui faisais remarquer, le matin, il jurait sur la tête de sa mère que ce n'était pas lui.

Un jour, le garde le priva de nourriture. Il était furieux et se disait persuadé que j'étais derrière cette punition. J'eus beau lui expliquer que je n'y étais pour rien, il vociféra, insultant tout le monde, et finit par une prière par laquelle il me jetait le mauvais œil. Là où nous étions, le mauvais sort ou le mauvais œil, la sorcellerie, les écritures de talismans ne pouvaient rien contre nous. En ce sens, nous étions hors d'atteinte. Alors je ris. Cela l'énerva. Quand le garde revint, le lendemain, lui déposer sa ration de féculents, il lui demanda s'il y avait du rab.

« T'es assez gros comme ça ! » lui répondit le garde.

Sans sa mauvaise humeur fréquente et son entêtement, Achar aurait été un prisonnier quelconque. La suite de notre survie commune m'apprit que même les mauvais sentiments étaient supportables dans le trou où nous devions pourrir.

25

Un soir, alors que je terminais mes prières, non pas celles du jour, mais celles que j'avais négligé de faire au temps de la liberté, le petit moineau de Marrakech, l'oiseau de mon enfance, celui qu'on appelait Tebebt ou Lfqéra, oiseau sacré, me rendit visite. Plus tard, j'apprendrai que cet oiseau s'appelle le bruant striolé. Il a la tête, le cou et la poitrine d'un gris uniforme. Le reste du plumage est roussâtre ou marron. Durant un bon moment, je l'avais confondu avec le pinson des arbres tant leurs chants se ressemblent. Mais je n'en étais pas certain et je m'amusais à deviner son nom en français et la couleur de son plumage. Il s'installa dans le trou qui servait d'aération dans la cellule et chanta un bon quart d'heure. Tout naturellement, je lui donnai à manger des miettes de pain trempées dans de l'eau. Il rechantait après avoir mangé, puis s'en allait. Il devait avoir son nid sur l'un des arbres des environs. Quand il revenait, il se posait au-dessus du sas général et chantait. Il se mettait en position d'observateur et changeait son chant lorsqu'il remarquait un mouvement autour du bagne. Ainsi l'arrivée des gardes étaient toujours annoncée par Tebebt.

J'ai encore en mémoire ses différents chants. J'appris vite à les distinguer. Un jour, il gazouilla de manière rapide et saccadée. Je ne savais pas à quoi correspondait ce rythme. Tebebt annonçait la pluie. Nous ne connaissions rien de l'état du ciel. Mais, grâce à ce moineau, nous avions des nouvelles de la météo. Ce fut lui qui prévint de l'arrivée imminente d'une tempête de sable. À sa manière de chanter, nous savions que quelque chose se préparait. Avec le temps et l'expérience, j'étais devenu doué dans le décodage de ses différents chants. Les gardes étaient surpris quand on leur disait : « Quelle pluie ! », ou bien : « Comment était la tempête ? »

Ces distinctions mirent quelques mois pour s'imprimer dans ma mémoire. Je sus par exemple que lorsqu'il changeait son chant du matin, il voulait nous dire qu'un des gardes était parti en permission.

Un jour, je fis un commentaire aux deux gardes qui nous servaient :

« Pourquoi l'autre est parti en permission et pas vous ?

– Comment sais-tu ça ?

– Je le sais. »

Ils se dirent que nous étions des djinns, des gens infréquentables qui auraient pactisé avec le diable.

Tebebt était devenu mon compagnon, mon ami. Quand il s'installait sur le bord du trou d'aération de ma cellule, j'arrivais à repérer ses yeux vifs et je lui parlais à voix basse malgré l'obscurité. Je n'avais pas envie de susciter la jalousie d'Achar. Je lui racontais ma journée et lui demandais de ne pas venir au moment des prières. Curieusement, lorsqu'il arrivait à pénétrer à l'intérieur, il attendait la fin des prières. Quand il entendait « Assalam alaïkum ! », il commençait à chanter, parce qu'il savait que j'avais terminé et que j'allais m'occuper de lui.

Achar l'envieux me lança un jour :

« C'est quoi, cette histoire d'oiseau ? Pourquoi il vient chez toi, et pas chez moi ? C'est toi qui l'as dressé pour qu'il ne chante pas pour moi ! Pourquoi ce mépris ? Pourquoi cette méchanceté ? Je mérite, moi aussi, qu'un moineau chante pour mes jours pourris. J'ai besoin qu'un oiseau de merde s'intéresse à ma solitude, à ma misère. Que lui donnes-tu pour qu'il t'aime ? Dis, donne-moi ta recette.

— Calme-toi, Achar, lui répondis-je. Cet oiseau est un signe de la clémence de Dieu. Il est le messager de l'espoir, pour moi qui ai refusé de croire à l'espoir. Il vient chez moi par hasard. Peut-être qu'un jour il s'arrêtera chez toi. Ne sois pas jaloux d'un tout petit moineau. C'est ridicule. Mets-toi à la prière. Moi j'ai compté le nombre de jours d'avant où j'aurais dû faire mes cinq prières. Ils sont très nombreux. Entre quinze et vingt-deux ans, j'avais cessé de croire et de faire la prière. À présent, je donne à Dieu six jours de prière d'avant, plus la prière du jour. C'est comme un crédit : je rembourse mes retards, mes oublis, mes errances. Je fais une opération de retour sur moi-même tel que j'étais il y a longtemps. Je ne suis pas fier de l'être que j'étais à vingt ans ! Alors je crois en Dieu, je crois en Mohammed, en Jésus et en Moïse. Je crois à la supériorité de la foi. Je crois au présent, mais je n'ai plus de passé. Chaque jour qui passe est un jour mort, sans trace, sans bruit, sans couleurs. Je suis un nouveau-né tous les matins, au point de me considérer comme Tebebt, un moineau très sensible, très fin et hors d'atteinte. Je comprends mieux le langage des oiseaux que celui des humains. Tebebt me fait voyager et m'accompagne dans mes fugues vers la spiritualité. Sa légèreté, sa fragilité, la douceur de son chant, la nuance de ses messages m'aident beaucoup. Après la dernière prière du soir, quand le froid ronge mes os, quand la douleur déforme mes bras et mes mains, quand il ne sert à rien de crier ou d'appeler à l'aide, je me souviens du chant de Tebebt. Je le restitue de mémoire, et le passe et repasse dans ma tête, jusqu'à rendre la souffrance moins prenante. Voilà, Achar, pourquoi le moineau vient me voir. Entre lui et moi, il y a un lien. Il est aussi ténu qu'un fil de soie, tel un cheveu. Ce lien est l'unique chose que j'accepte de l'extérieur, car je sais que cet oiseau est né pour moi. Il a été envoyé par la détresse d'une mère ou par la volonté divine. Bonne nuit, Achar ! »

Depuis, Achar s'était mis à faire attention. Il me demanda de lui apprendre les cinq prières, avouant, à sa grande honte, que l'armée avait été son unique famille, et qu'à l'époque on ne parlait pas de religion à la caserne. Il me dit que, durant la guerre d'Indochine, il faisait appel à Allah quand il sortait au combat.

Achar ne perdit pas pour autant sa hargne et sa morgue.

26

Dans ma vie d'avant, non seulement je dormais mal, mais je rêvais peu. Durant les premiers mois du bagne, j'avais perdu et le sommeil et le rêve. Depuis que j'avais coupé avec le passé et l'espoir, je dormais normalement, sauf les nuits de grand froid où il fallait rester éveillé pour ne pas mourir gelé. Et je rêvais. Toutes mes nuits étaient bourrées de rêve. Certains me marquaient et je m'en souvenais. D'autres me laissaient une vague impression, rarement désagréable.

Je n'étais pas le seul à peupler mon sommeil de rêves, mais je devais être le seul à rêver des trois prophètes.

Avec Moïse, j'eus une longue discussion d'ordre politique. Nous étions face à face, lui assis sur un trône, moi par terre. Je lui disais que l'inégalité des hommes était source d'injustice. Il m'écoutait mais ne me parlait pas.

Jésus non plus ne disait rien. Il venait de temps en temps, les bras tendus, les yeux tristes.

Mohammed, je ne voyais pas son visage, mais je sentais sa présence toute de lumière. J'entendais une voix grave et lointaine résonner dans ma tête comme si un vieux sage murmurait dans mon oreille. Elle invoquait la patience :

Ô être dans la souffrance,
sache que
la patience est une vertu de la foi,
sache aussi que c'est un don de Dieu,
rappelle-toi le prophète Ayoub, celui qui
avait tout enduré ; il est cité en exemple
par Dieu. Il dit de lui qu'il est un être de qualité.
Ô musulman, tu n'es pas oublié malgré
les ténèbres et les murs, sache que la
patience est la voie et la clé de la
délivrance, enfin, tu sais bien que
Dieu est avec les êtres patients !

Après ces rêves, j'étais serein. Ils me rassuraient. J'étais dans la voie de la vérité et de la justice. Je n'avais pas besoin de remplir mon cœur d'espoir. Dieu ne m'avait pas abandonné. La mort pouvait venir ; quant à la souffrance, j'essayais de la considérer comme une affaire mineure, quelque chose à dépasser. Inébranlable, puissante, telle était ma foi. Elle était isolée, je veux dire pure. Elle me donnait une force et une volonté que je ne réclamais pas. Je ne parlais à personne de mes rêves des prophètes. Ils m'appartenaient. En revanche, le fameux rêve du mangeur de couscous m'inquiétait :

« Nous sommes nombreux à la sortie de la mosquée. Nous avons faim et nos vêtements sont des haillons. Il fait très chaud. Nous n'osons pas entrer dans la mosquée, parce que nous n'avons pas d'eau pour les ablutions. Les gens passent et ne nous voient pas. Donc personne ne nous parle. L'un de nous se lève brusquement et s'en va en courant. Nous le suivons des yeux, mais nous sommes empêchés de bouger par quelque chose d'invisible. Quelques instants après il revient, portant un grand plat de couscous aux sept légumes, à la viande de mouton. Il le pose. Nous, nous l'entourons et nous mangeons avec les mains. Lui, reste à l'écart. Il est debout. Il ne mange pas, ne parle pas. Il nous regarde et s'en va à reculons. »

Ce rêve avait fini par avoir un sens précis : la mort de l'un d'entre nous. Mais je n'étais pas le seul à faire des rêves prémonitoires. Quand, le matin, je racontais le mien, d'autres aussi. Wakrine disait que c'était mauvais signe de rêver de maïs : « Il se trouve au bord de la route, à côté d'un paysan qui fait griller des épis de maïs. Il lui en donne un sans le faire payer, lui disant : "Tiens, mange, c'est bon pour la route." Au moment où il s'éloigne, il rencontre quelqu'un de sa connaissance qui passe sans le saluer. Il sait que cette personne ne l'a pas reconnu. »

Les rêves d'Abbass étaient encore plus explicites : une fête, des rires, de la lumière, beaucoup de soleil, et, au milieu, une cage monumentale remplie de pigeons et de colombes. Une main blanche descend du ciel, passe entre les grilles et s'empare d'un pigeon. Elle disparaît ensuite dans les nuages.

Les rêves comparés tournaient autour d'une unique prémonition. L'odeur de la mort faisait au même moment son entrée dans le bagne. Elle tournait, rôdait autour de certaines cellules, jusqu'à se fixer sur l'une d'elles. La nuit, les chouettes poussaient des cris funestes. Elles annonçaient à leur façon la disparition de quelqu'un. Les chants funèbres duraient parfois une quinzaine de jours et s'arrêtaient après l'enterrement.

Nous étions tous attentifs aux messages des oiseaux. Seul Achar n'y comprenait rien, râlait et nous en voulait d'être en avance sur lui. Nous prévenions les gardes. Il fallait préparer le plastique et la chaux vive. Il fallait creuser la tombe. Généralement ils répugnaient à ce genre de préparatifs. Ils disaient :

« Nous sommes des gardiens, pas des fossoyeurs !

— Je n'y peux rien, leur disais-je. Nos rêves sont formels : une mort est annoncée. Je ne sais pas lequel d'entre nous elle emportera. Moi, je suis prêt, mais je ne la sens pas encore. Si mes douleurs dans la colonne vertébrale deviennent insupportables, vous pourrez me tuer, vous me libérerez.

— Tu rêves ! Jamais nous ne te ferons ce plaisir ! Ici, c'est interdit de faire plaisir. C'est ainsi. Tu devrais le savoir, depuis le temps !

— Mais nous sommes dans la même galère.

— Non, tu te trompes. Nous, nous sommes des soldats loyaux et honnêtes. C'est un honneur que l'armée nous fait de nous avoir désignés pour accomplir cette tâche.

— Nous sommes de la même famille !

— Ah ça, jamais ! Si tu continues de nous chercher, je te bute !

— Vas-y !

— Jamais ! »

Je riais et Achar s'énervait, parce qu'il se sentait exclu.

27

L'hiver, les gardes devenaient fous, durant au moins une nuit.

Nous dormions quand ils débarquaient avec leurs torches allumées, leurs gourdins et leurs mitraillettes en bandoulière. Ils étaient très nerveux, décidés à mettre fin à un désordre imaginaire.

« Vous allez arrêter de faire du bruit, de grogner comme des sangliers, de rire comme des djinns. Vous cessez, sinon on lâche les rats. »

Ils nous réveillaient en plein sommeil. On leur demandait de nous laisser en paix. On jurait que personne n'avait parlé, ni ri, ni crié. En vain. Ils étaient persuadés que nous faisions la fête ou préparions la révolution. Quand ils partaient, on ne pouvait pas s'empêcher d'éclater de rire et de se dire : ils sont devenus fous. Là, ils revenaient, plus nerveux qu'avant, frappaient sur les portes avec leurs gourdins. Le boucan était assourdissant :

« Si vous êtes habités par les djinns, si vous avez pactisé avec le diable, nous saurons vous mater et vous casser en petits morceaux. Alors, vous arrêtez votre cirque. »

Nous n'avions aucune envie de discuter avec eux, ni de leur démontrer que le bagne n'était pas habité par les djinns. À mon avis, si les djinns existent, ils éviteront ce trou où le mal a déjà fait son travail.

D'autres nuits, on entendait des fusillades. On apprenait plus tard qu'ils avaient cru voir une ombre et avaient tiré sur elle selon le règlement qui leur donnait ordre de tirer sur tout ce qui bouge.

Ils fusillaient des fantômes, surtout les nuits de pleine lune, où leurs nerfs étaient à vif. Le lendemain, ils faisaient leur rapport au Kmandar, qui devait à son tour rendre compte de l'incident à l'état-major, à Rabat. Tirs d'erreur. Nervosité des gardes. Mauvaise influence de la pleine lune, etc. Cela nous amusait mais ne rendait pas notre survie plus supportable. Achar était content. Il disait :

« C'est bien. Nous ne sommes pas les seuls à avoir des visions. Eux aussi sont en train de devenir dingues. C'est bon pour mon moral. »

Un jour, ils vinrent asperger le bagne d'un produit désinfectant. Ils repassèrent avec de l'encens dont l'effet espéré serait de chasser les djinns. Je riais en douce. Ils disaient quelques formules du genre : « Que Dieu nous préserve de ceux qui ont pactisé avec Chaïtane, qui ont mangé dans ses mains et qui portent le mal dans les yeux ! Que Dieu le Tout-Puissant mette fin aux travaux néfastes de Satan et de ses disciples. Qu'Il nous donne la force et la clairvoyance pour lutter efficacement contre ses méfaits et qu'Il nous permette de partir vite en permission pour oublier la folie qui nous menace dans cette terre déshéritée à jamais ! »

Je récitai à mon tour d'autres formules : « J'en appelle à Dieu pour nous préserver de Satan le Furieux. »

"أَعُوذُ بِاللهِ مِنَ الشَّيْطانِ
الرَّجِيمِ"

Ils répétaient après moi, pendant que l'Ustad Gharbi récitait le Coran. Cette lecture leur faisait peur. Ils quittaient le bagne en courant, sachant qu'ils étaient ridicules. J'appris plus tard que c'était une initiative, la seule qu'ils prirent durant mes dix-huit ans d'enfermement. Le Kmandar n'était pas au courant. Il ne mettait jamais les pieds dans le bagne mais savait avec précision tout ce qui s'y passait. Au début, lorsque l'un d'entre nous était très malade, nous suppliions les gardes de prévenir le Kmandar. Quand ils avaient l'audace de rapporter, par exemple : « Le numéro 6 est gravement malade... », il hurlait :

« Ne venez jamais me dire qu'Untel est malade. Ne venez que pour m'annoncer sa mort, pour que ma comptabilité soit en règle. C'est compris ? Je ne veux jamais entendre le mot "malade". Allez, dégagez ! »

Ce Kmandar qui n'apparaissait jamais était une énigme. Un jour Achar, pour faire l'intéressant, prétendit l'avoir connu autrefois. Sans le contrarier, on décida de le décrire, ou du moins de dire comment on l'imaginait :

« Il est petit de taille, trapu et moche.

– Il a une moustache, ça fait viril.

– Il pue de la bouche.

– Il est analphabète, ne sait lire et écrire que des rapports brefs et sans nuances.

– Il est mince et sec, le visage buriné, l'œil profond et le regard froid.

– Il a certainement un défaut physique.

– Il n'a pas de famille.

– Il dort sans aucun problème.

– Il est incorruptible.

– Il est discipliné et ne mange pas les fruits de mer.

– Il est obéissant comme un chien dressé pour tuer, égorger, boire le sang et manger le foie de ses victimes.

– Il ne doute jamais.

– Pour douter, il faut penser, or lui ne pense jamais !

– Il doit avoir une maladie incurable.

– Oufkir doit être son modèle. »

Achar intervint :

« Il est tout ça plus quelque chose dont vous n'avez pas idée. Il est cannibale. Il aime manger de la chair humaine. Il est gourmand, il aime les jeunes garçons. Si on l'a muté ici, c'est pour l'éloigner de Rabat et aussi le punir. Mais pour lui, ce n'est pas une punition mais un honneur que de faire respecter les ordres de ses supérieurs. Il aime obéir et il en fait toujours trop. Si tu le vois dans la rue, tu ne le remarqueras pas.

— Tu as raison Achar, les monstres ne portent pas sur leur visage toutes les cruautés dont ils sont capables. Le Kmandar doit être un bon soldat au service de l'armée et de ses chefs. »

J'apprendrai plus tard que ce Kmandar était le produit brutal et cynique de l'armée française coloniale, celle de l'Indochine, celle qui avait servi au Maroc sous les ordres du général Boyer de La Tour, celui que les Berbères appelaient « Moha ou La Tour », celui qui avait repéré le jeune Oufkir, l'avait formé et présenté au palais.

Le Kmandar était de la même génération qu'Oufkir. Lui aussi était un lieutenant de l'armée française. Il était monté en grade et avait intégré les Forces Armées Royales. Il était instructeur à l'Académie. Il n'avait pas été choisi par hasard pour diriger le bagne. Il avait rendu des services spéciaux à l'armée et à la gendarmerie. C'était une sorte de tueur froid qui ne parlait pas.

Il existe des Kmandar partout dans le monde. Ce sont des hommes qui portent le visage d'homme mais dont le corps et l'esprit ont été soigneusement et méthodiquement vidés de toute humanité. Ils sont séparés de ce qu'il y avait d'humain en eux, comme d'autres décident de perdre leur sang. Pas de scrupules. Pas de questions à se poser.

Le Kmandar était dans son rôle et le vivait avec un naturel et une simplicité effroyables. Il était pleinement dans le rôle de celui par qui la mort devait arriver avec une lenteur calculée et des souffrances dosées. Il n'était que ça. Plein de cette mission et de cette volonté qu'on lui avait inculquée. Plein de pus à inoculer, le ventre gonflé par une haine mécanique, l'œil irrigué par le sang jaune de la soumission aux supérieurs.

Le Kmandar se prenait pour le Kmandar, se cachait, jouait avec les nerfs des survivants, hurlait tout seul comme une hyène enragée. Cette brute était à elle seule un abîme.

Je ne pensais jamais à lui.

28

Si j'ai pu expulser ce personnage de mes pensées, si j'ai pu lutter contre le découragement, si j'ai pu accepter de me battre contre moi-même et non plus contre le Kmandar et ses fantômes, il m'arrivait de me demander à quelle vitalité mon corps et mon esprit s'accrochaient.

Ce ne fut pas la douleur qui décida de la voie choisie, ce fut moi, avant et au-delà de toute douleur. Il me fallait vaincre mes doutes, mes faiblesses et surtout les illusions que tout être humain nourrit. Comment ? En les laissant s'éteindre en moi. Je ne me fiais plus à ces images qui falsifiaient la réalité. La faiblesse, c'est prendre ses sentiments pour la réalité, c'est se rendre complice d'un mensonge parti de soi pour revenir à soi et croire qu'il s'agit d'un pas en avant.

Or, pour avancer dans ce désert, il fallait s'affranchir de tout. Je compris que seule une pensée qui arrive à s'affranchir de tout nous introduit dans une paix subtile que j'appellerai extase.

Le numéro 5, Abdelmalek, était un brave type. Il ne se plaignait jamais. Achar le taquinait et était jaloux de sa sérénité :

« Abdelmalek, tu ne souffres jamais ?! Tu veux nous faire croire que tu es un surhomme, comme mon voisin d'en face. Mais je pense que tu caches ton jeu.

Avec ton silence, tu nous trahis, tu sors du groupe. Ici, tout le monde est malade. Personne n'est en bonne santé. Il n'y aurait que toi pour ne pas subir ce que nous subissons ? Tu te fous de nous ! »

Au bout d'un moment, j'étais obligé d'intervenir :

« Achar, tais-toi. Fous-lui la paix. Respecte son choix.

— Bien sûr, tu es comme lui. Toi aussi, tu fais le fier, le Tarzan de la situation. Je connais ton jeu. Je ne suis pas bête.

— Arrête, Achar, sinon on te mettra en quarantaine.

— Non ! Pas ça ! J'en crèverais. Mais, s'il te plaît, dis à ton ami de me parler, juste un petit peu.

— Je n'ai pas à le lui demander. S'il a envie de te parler, il le fera. S'il se tait, c'est qu'il a ses raisons.

— OK, je me tais ! Ça va... Je m'ennuie ! Comment fais-tu pour ne pas t'ennuyer ?

— Je pense, je prie, je récite intérieurement des sourates du Coran, je cherche des histoires à vous raconter. Voilà tout ce que je fais. »

Après un moment de silence, il rappelle :

« Peux-tu m'aider à réciter la sourate de la Vache ?

— Pas maintenant. C'est l'heure de la leçon d'anglais. C'est Fouad qui est notre professeur. »

Abdelmalek ne participait plus à nos activités. Il était absent. Je m'inquiétais et n'osais pas le déranger.

Les gardes constatèrent qu'il ne mangeait plus les féculents mais gardait le pain. Il avait confectionné un sac avec l'une de ses deux couvertures 1936 et y avait amassé le pain. Il le laissait devenir très dur, en coupait des morceaux, les écrasait avec le talon, les mouillait et les avalait. C'était son unique repas quotidien. Il mangeait ces miettes d'un pain rassis qui avait séjourné plusieurs jours au fond du sac.

Il avait choisi sa façon de mourir et nous ne le savions pas. Quand je l'appelais, il me disait que tout allait bien et que la délivrance était proche. Je m'amusais et lui demandais s'il avait trouvé le moyen de s'évader.

« Oui, mais cette fois-ci, ils ne me rattraperont pas. »

En effet, au début, il fut le seul à avoir tenté de s'échapper. C'était un matin, au moment où les gardes ouvraient sa cellule pour y déposer le pain et le café. Il était sorti en les bousculant, renversant le bidon à café, profitant de la porte du bagne laissée entrouverte, et il s'était enfui en courant. Ils le poursuivirent en hurlant et arrivèrent à l'arrêter au milieu de la cour. Ils le rouèrent de coups en l'insultant :

« Salopard ! Tu as failli nous faire tuer ! Qu'est-ce qu'on t'a fait, pour que tu nous mettes dans cette situation ? On a eu de la chance. Les gardes en haut des miradors ont ordre de tirer sur tout ce qui bouge. »

Quand ils le ramenèrent à sa cellule, ils nous firent la leçon :

« Essayez de sortir, et vous serez abattus, et nous avec ! »

L'échec de cette tentative mit fin à toute volonté de s'évader. Abdelmalek ne s'en remit jamais. Il mourut dans d'atroces souffrances, qui durèrent plusieurs jours. Après son évacuation par les gardes, je récupérai ses habits, sa couverture et son sac, qui était encore plein de pain. En l'ouvrant devant un garde qui m'éclairait, je fus choqué : il y avait plus de cafards que de pain. Ils avaient pondu leurs œufs dans la mie de pain. Le pauvre Abdelmalek ne pouvait pas voir ce qu'il mangeait. Il fut empoisonné par des milliers d'œufs de cafard.

Achar fut impressionné par cette mort. Il regrettait d'avoir taquiné Abdelmalek quelques semaines avant sa fin.

Karim, notre horloge parlante, notre calendrier, notre repère dans les ténèbres, était de plus en plus fatigué. Il donnait l'année et le mois, mais pas le jour et l'heure. La machine se déréglait, la mémoire s'usait. Je connaissais l'heure approximativement et, sans en parler à personne, je pris la relève.

Cela faisait treize ans que nous étions dans ce bagne. Plus de la moitié d'entre nous étaient morts. Les gardes ne changeaient pas. Ils étaient affectés à notre service à vie. Les oiseaux était souvent là. Certains chantaient, d'autres nous renseignaient sur les mouvements de la cour ou sur l'état du ciel.

Une certaine routine s'était installée en enfer. Les gardes étaient souvent de mauvaise humeur. Certains parmi eux se plaignaient de la solitude. Je remarquai que le sergent M'Fadel, le gardien le plus gradé, s'arrêtait de temps en temps devant la cellule à ma gauche, celle de Wakrine, et parlait à ce dernier en berbère. Ils échangeaient des banalités. Un jour, M'Fadel se mit à parler à voix basse. Ils chuchotaient. Je ne dis rien, mais j'en conclus qu'ils étaient du même bled. J'apprendrai plus tard qu'ils étaient non seulement cousins par alliance, mais que leurs familles étaient liées par une sorte de pacte appelé « tata » chez les Berbères. Je n'ai jamais su l'origine de ce mot. Les anciens d'Indochine l'utilisaient à la caserne pour désigner une hutte ronde où l'on enfermait les soldats pour quelques heures d'arrêts de rigueur.

Mais là, il signifie tout autre chose : pour des raisons complexes, une famille donnée fait allégeance à une autre famille ou tribu. Elle se met sous sa protection, voire sous sa bénédiction. Les liens deviennent forts et surtout sacrés. On doit assistance morale, aide matérielle et solidarité sans faille aux membres de la famille reconnue être « tata ».

Je ne sais pas comment ils se reconnaissent entre eux. Wakrine et M'Fadel mirent des années pour découvrir qu'ils étaient soumis aux liens « tata ».

Au bout de quelques semaines, Wakrine frappa deux coups sur le mur mitoyen de ma cellule. Il me dit :

« Peux-tu écrire une lettre à ma femme ? »

Je fus étonné.

« Une lettre ? Mais tu as ce qu'il faut, du papier et un crayon ?

— J'aurai bientôt ce qu'il faut. Je crois qu'il y a une possibilité de faire parvenir une lettre à ma femme. Ce n'est pas encore très sûr.

— Comment obtiendras-tu du papier et un crayon ? Tu sais bien que ce sont des objets très précieux et qu'ils sont absolument interdits dans le trou.

— Écoute, je t'expliquerai. Pour le moment, dis-moi si tu es d'accord pour me rendre ce service. Tu sais bien que j'ai oublié l'alphabet. Je ne sais plus lire. C'est ma maladie. Toi, tu as gardé ta tête intacte. Je n'ai plus souvenir des mots.

— Bien sûr. Mais fais très attention.

— Évidemment. M'Fadel est mon cousin ; en vérité, pas tout à fait. Ma femme est la cousine de la sienne. Je crois savoir qu'il existe une sorte de pacte entre nos deux familles. Je t'expliquerai un jour quel genre de pacte. Il n'a pas le droit de parler, mais je pense qu'il va accepter de sortir ma lettre. Pour cela, il faudra attendre une per-

mission et surtout que le garde qui fouille les permission-
naires change. »

Ce fut ainsi qu'au bout de trois mois d'attente, de
conciliabules et de risques, Wakrine profita de la porte
ouverte de sa cellule pour venir glisser sous la mienne
une petite feuille de papier et un bout de crayon. Je passai la main et les récupérai discrètement. J'étais fou de
joie, très excité, et je m'efforçais de ne pas le montrer.
Je saisis le crayon et le portai à mes lèvres. Oui, j'ai
embrassé ce bout de bois avec une mine à l'intérieur.
Ensuite, je pris délicatement la feuille. Elle était rêche,
mais qu'importait la qualité de ce morceau de papier
qui signifiait déjà pour moi une mince lueur dans notre
obscurité.

J'écrivais d'abord dans ma tête. Par quoi commencer ? Faut-il employer des symboles ou dire brutalement
les faits ? Je raturais mentalement. Je recommençais.
Wakrine me pressait :

« Dis à ma femme que je suis vivant et qu'elle
donne des médicaments à M'Fadel.

– Oui, mais il faut en profiter pour alerter les autres
familles sur notre sort…

– Je te fais confiance. Mais n'oublie pas que M'Fadel
risque beaucoup ! Écris des choses banales. »

Ce fut ainsi qu'après quatre jours de réflexion je dé-
coupai le papier en deux et j'écrivis deux phrases :

Je vais bien. Nous sommes à Tazmamart. Pas de lumière.
Donne à M'Fadel des médicaments contre la douleur.
Wakrine.

À partir de ce moment-là, et grâce à ce petit bout de
papier, notre survie allait connaître des bouleversements.
Moi, je ne voulais écrire à personne, puisque j'avais, dès
le départ, décidé que je n'avais ni fiancée ni famille.

Cela allait prendre cinq ans, cinq années de doute où l'espoir pointait de nouveau, ce qui ne cadrait pas avec mes principes. Il fallait absolument s'en méfier, et survivre dans cet enfer en luttant contre la mort avec les moyens dont je disposais, c'est-à-dire la volonté et la spiritualité.

M'Fadel porta le bout de papier à la femme de Wakrine sans rien lui dire. Ne sachant pas lire, elle le montra à la mère d'une pharmacienne dont le frère avait disparu. Ce fut ainsi que le petit frère du numéro 18, Omar, qui faisait ses études en France, fut alerté. M'Fadel reçut de la part de la pharmacienne des médicaments, surtout des antalgiques et des anti-inflammatoires, accompagnés d'une bonne somme d'argent.

Je compris tout de suite que M'Fadel, même s'il avait agi par solidarité tribale, avait été soudoyé, quand, quelques mois après, il vint trouver Wakrine et lui demanda s'il avait besoin de médicaments. La corruption fait des miracles, même en enfer ! Pour la première fois, je lui trouvais des vertus ! Dire que la corruption allait contribuer à sauver quelques vies ! D'autres petits bouts de papier sortirent du bagne, et M'Fadel s'enrichissait. Le frère d'Omar contacta Christine, une femme exceptionnelle, une militante pour les droits de l'homme, une résistante, une passionaria, qui allait consacrer des années de sa vie à faire connaître le bagne où nous étions et à lutter pour notre libération. Elle ne nous connaissait pas et s'occupait de notre sort, comme si nous étions tous ses frères. Elle remua ciel et terre pour porter à la connaissance du monde notre enfermement comme elle s'était mobilisée pour son mari, emprisonné pour ses idées à Kenitra. Curieusement, le Kmandar ne fit pas irruption dans notre bâtiment pour enquêter sur les origines de la fuite. Il devait probablement soupçonner les gens du bagne A, où le régime était un peu moins dur. Mais au fond, les autorités ne devaient pas être gênées par la circulation de ces informations. Au contraire, elles avaient intérêt à les laisser diffuser pour instaurer la peur et une forme déguisée de terreur. Peut-être même que M'Fadel avait été désigné pour organiser ces premières fuites. Sinon, pourquoi sa compassion avait-elle attendu quinze ans avant de s'exprimer ?

À partir du moment où la presse parla de Tazmamart, M'Fadel prit peur. Il devint méchant et évita de nous parler. Quand il passait devant la porte de Wakrine, il crachait et balbutiait une insulte en berbère.

Personne ne pouvait rien contre l'information qui circulait à l'extérieur. J'appris plus tard que Christine avait contacté Amnesty International et des journalistes influents. Notre sort ne dépendait plus du seul Kmandar, mais aussi de l'opinion internationale.

Pendant ce temps-là, comme si l'espoir d'une libération avait provoqué une chose paradoxale, les hommes mouraient.

30

Aujourd'hui encore, j'ai honte de ce qui s'est passé la nuit du 23 avril 1987. Je n'étais plus maître de moi-même. À mon tour je me laissais aller à la mauvaise humeur, à la colère et à la crise de nerfs. Depuis deux jours, je ne faisais plus la prière. Je n'avais plus envie de méditer ni de m'évader sur le chemin de la pierre noire. J'avais moi aussi mes faiblesses, que j'avais essayé de dissimuler ou même de dépasser. J'avais réussi, j'étais presque parvenu à supporter la souffrance physique, celle qui me tordait la colonne vertébrale et déformait mes mains. Je n'avais plus envie de me réveiller chaque matin en me disant que les rideaux avaient été tirés pour toujours et que l'étoffe était du ciment qui avait pris des plis, de me lever la tête baissée en étant dans les dispositions de celui qui n'attend rien et de m'habituer à ce rien qui suintait des pierres malgré les lettres que j'écrivais pour Wakrine.

Peut-être étais-je contaminé par l'espoir qui rôdait autour de Wakrine et de quelques autres ? Pour la première fois, j'imaginais ma libération. Je repensais au soleil. Je revoyais les lumières de mon enfance. Les souvenirs, avec lesquels j'avais rompu, resurgissaient. Je voyais ma mère, toute de blanc vêtue, ouvrir les bras et m'enlacer longuement. Elle pleurait, et moi aussi.

Tout ce que j'avais construit durant une quinzaine d'années se détruisait lentement. Il fallait réagir, reprendre ma gymnastique intellectuelle pour retrouver ma place. Ce fut à ce moment-là que Lhoucine, qui avait été mon voisin de cellule les deux premières années à la prison de Kenitra, eut le malheur de me provoquer. Pourquoi avait-il choisi cette nuit-là, la nuit du doute et de la fragilité, pour me faire mal ?

« Ô fils de bouffon, tu n'es qu'un bâtard, tu n'es pas le fils de ton père, car si ton père était réellement ton père, t'aurait-il renié publiquement, t'aurait-il abandonné à l'enfer en réclamant encore plus de sévérité à ton égard ? Dis, bâtard ! »

Je n'aurais jamais dû lui répondre et me laisser entraîner dans une bagarre où tous les coups (verbaux) étaient permis. Il avait voulu me blesser, me toucher là où je pourrais avoir mal. Même si j'avais réussi à ne pas en vouloir à mon père, à l'oublier et à survivre comme si j'étais orphelin de père, je me trouvai cette nuit-là dans une grande faiblesse. J'étais redevenu comme les autres, vulnérable, fatigué et brisé. Moi aussi, je voulais le blesser. Je me souvins que, lorsque nous étions à Kenitra, il avait été hospitalisé pour alerte cardiaque. Le médecin l'avait gardé en observation et le prit en sympathie, au point de lui offrir la possibilité de revoir sa femme. À l'époque, nous n'étions pas encore au secret. Nous purgions nos dix ans de prison et nous étions traités comme des détenus ordinaires. Il reçut la visite de son épouse et ils firent l'amour. Il me l'avait raconté des dizaines de fois et avouait même qu'il se masturbait en y repensant. De cette visite naquit un enfant. Il apprit la nouvelle la veille de notre transfert à Tazmamart. Il sautait de joie. J'avais vite calculé que la naissance avait eu lieu neuf mois et dix jours après la visite à la prison. Je n'avais rien dit et je pensais que l'enfant était né avant l'annonce qui lui avait été faite. N'empêche, j'eus recours à ce doute pour répondre à son agression en cette nuit où je n'étais plus moi-même :

« OK, je suis un bâtard si ça te fait plaisir ! Et toi, fils de bonne famille, ton père est réellement ton père, je n'en doute pas. Mais es-tu sûr que tu es le père de ton fils ? Rappelle-toi, ta femme a accouché après neuf mois et dix jours ! Ton fils n'est pas un prématuré ! Fait par qui ? Quelqu'un est passé après toi. Je suis désolé Lhoucine, mais il ne fallait pas me chercher…

– Salaud ! Tu sais bien que ma femme est une fille de famille, qu'elle m'aime par-dessus tout. Pourquoi inventes-tu cette histoire ?

– Je n'invente rien. C'est toi qui m'as tout raconté. Souviens-toi, tu avais même émis un doute, et puis tu as chassé cette idée d'un revers de la main en voulant appeler ton fils "Mabrouk" !

– Ton père est un proxénète !

– Je m'en fous. Toi, tu es une serpillière. A l'école, le capitaine te méprisait et tu ne disais rien.

– J'obéissais aux ordres !

– Comment un aspirant accepte-t-il de faire les courses de la femme de son capitaine ? C'est le travail d'un simple soldat. T'as aucune dignité !

– Et toi t'es un pauvre type ! Ton père était intervenu pour que tu accèdes au grade de lieutenant. Mais t'es resté aspirant, car t'es pas capable…

– Je m'en fous des grades. Demande-toi pourquoi le gentil médecin a autorisé ta femme à te rendre visite. Pour tes beaux yeux, peut-être ?

– Ma femme est sérieuse, tu verras, elle m'attendra à ma sortie. Toi, t'auras personne à la sortie ! T'es un fils de rien, un enfant de nulle part, fils de l'adultère…

– Cocu !

– Vendu !

– Pourri !

– Pédé !

– Jaloux !

– Âne !

185

– Masturbateur !
– Fils du péché ! »

Nous continuâmes à échanger des insultes toute la nuit. Ce fut lui qui craqua le premier et se mit à pleurer. J'avais envie de chialer moi aussi, tellement j'avais honte de moi, tellement j'étais fatigué, et indigné par le mal que j'avais pu faire au pauvre Lhoucine. Je me sentais coupable parce qu'il était beaucoup plus fragile que moi. J'avais beau m'excuser, lui dire des choses rassurantes, allant jusqu'à lui mentir et jurer que ma sœur cadette était née avec trois semaines de retard... il n'y avait rien à faire, Lhoucine était définitivement brisé. Mes insultes l'avaient achevé. Quant à celles qu'il avait proférées, elles ne m'atteignirent pas vraiment. Je repensais à mon père et à ce qu'il avait fait. Je l'imaginais de nouveau aux pieds du roi, se débarrassant du fils indigne qui l'avait trahi et avait rendu difficiles ses relations avec le souverain. Lhoucine délirait. Durant des mois, il ne parla plus à personne, il appelait Mabrouka, sa femme, jour et nuit. Lorsque nous récitions le Coran, il ânonnait, afin d'empêcher l'harmonie de la lecture. Il était devenu insupportable et se laissait lentement mourir. Quand M'Fadel apporta des médicaments, je le suppliai de me laisser passer quelques heures avec Lhoucine, dans sa cellule. Nous étions au mois de mai.

Je le pris dans mes bras et lui donnai de l'aspirine. Il était très maigre. Il pleurait.

« Je te demande pardon. Tu sais que ce n'était pas moi qui te parlais, la nuit du 23 avril 1987 ; c'était le diable, il s'était emparé de moi, de mes mauvaises pensées, de ma voix, il cherchait à te faire mal. Moi-même, j'ai souffert et je souffre encore. Nous allons tous sortir, tiens bon, ta femme et ton fils t'attendent, il ne faut pas les décevoir. Tiens, prends ces médicaments, il faut que tu te nourrisses. Rappelle-toi, Lhoucine, notre amitié à l'école, notre solidarité à Kenitra et ici même, nous sommes embarqués sur le même bateau. Il faut tenir; s'il te plaît, ne t'en va pas, je ne supporterais pas que tu nous lâches, c'est primordial, nous sommes presque arrivés, tu vois ce que je vois? Dis-moi, s'il te plaît, ouvre les yeux, ouvre tes sens, ta mère, ta femme et ton fils t'apportent un bol d'encens, ils se préparent à t'accueillir. Ils ont blanchi la maison. Tout le monde t'attend. Dis-moi, je voudrais t'accompagner, aller avec toi à cette fête, tu m'invites, n'est-ce pas? Après, nous irons ensemble à La Mecque, je te jure que je t'emmènerai avec moi, tu n'auras qu'à dire oui, je t'invite, nous prendrons l'avion et nous nous arrêterons au Caire, nous irons visiter les pyramides, je t'emmènerai au café où va Naguib Mahfouz, on fera des photos avec lui, on fera ensuite le pèlerinage dans de bonnes conditions. Plus de fatigue, plus de privations. Tiens bon. »

Il essuya péniblement ses larmes puis réussit à prononcer ces mots :

« C'est vrai, mon fils ne peut pas être né de moi. J'en ai la certitude. T'as raison.

– Mais non, non et non ! C'était juste pour te blesser. Je ne le pensais pas. Lhoucine, je t'en prie, je t'en supplie, pardonne-moi. J'ai inventé cette histoire pour répondre à ta provocation. Ton fils est bien ton fils. Il t'attend. Ne le déçois pas. Il faut sortir d'ici et, tu verras, tu n'y penseras plus.

Je me mis à pleurer. Lhoucine rendit l'âme entre mes bras. Je le serrais de plus en plus contre moi, et je récitais le Coran. L'Ustad comprit que Lhoucine était mort et m'accompagna de sa voix forte dans cette lecture.

31

Il m'arrivait, moi aussi, de penser comme le personnage de Camus que « *si l'on m'avait enfermé... non... fait vivre dans un tronc d'arbre sec, ...* un arbre centenaire, celui où habite Moha..., *sans autre occupation que de regarder la fleur du ciel au-dessus de ma tête, je m'y serais peu à peu habitué...* » j'aurais assisté au ballet que les moineaux... non... il s'agit d'oiseaux, de nuages et de cravates... Je confonds tout. Mais je sais que ma fleur du ciel ne peut être que Tebebt, mon oiseau d'enfance, l'arbre sec c'est un bloc de pierre humide, une tonne de ciment et de sable pour faire oublier le ciel.

Plus que jamais, je sentis que le retour à la foi était nécessaire. Après les prières, je méditais. J'étais très affecté par la mort de Lhoucine. Je rêvais de lui, je le voyais dans une prairie, heureux, entouré de plusieurs enfants, sa femme à ses côtés. Il mangeait des pommes rouges. En me réveillant, je me demandai ce que cela voulait dire. Un mort heureux, ce ne pouvait être que moi mortifié par la culpabilité au point de donner ma vie pour que Lhoucine me pardonne. Je m'en remis à mes anges gardiens, que j'avais décidé d'appeler Ali et Alili. À force de prières, je les faisais venir et m'entretenais avec eux :

« Si vous êtes là, c'est que Dieu ne veut pas m'abandonner. Tant que vous serez présents, je saurai que je ne suis pas vaincu. » Ils étaient là, silencieux. J'invoquais Allah et Mohammed. Je citais tous les noms d'Allah que je connaissais. Je les répétais en insistant sur le Clément, le Miséricordieux, le Savant et le Très-Grand. Je parlais à voix basse. Achar n'aimait pas m'entendre murmurer. Il pensait que je complotais contre lui. Il me demandait ce que je disais, m'interrompait dans mes invocations. Je haussais la voix pour lui faire comprendre qu'il me dérangeait. Il se mettait lui aussi à faire des prières mais, n'en connaissant pas bien le texte, il s'arrêtait et réclamait de l'aide. Heureusement, l'Ustad intervenait et rectifiait ce qu'il récitait.

J'étais plongé dans mes prières quand M'Fadel cogna contre la porte de ma cellule avec son gourdin. Ce n'était pas l'heure de manger. Il ouvrit et me jeta une boîte de médicaments. Elle contenait deux plaquettes. Il ouvrit la porte d'Achar et lui dit :

« Voici une plaquette contre la douleur. Souviens-toi, je suis en train de te sauver la vie. »

Achar, envieux :

« Pourquoi tu en as donné à l'autre ?

— Parce qu'il le mérite, imbécile !

— Oui, mais moi, je te les avais demandés il y a longtemps.

— Qu'importe ? Si tu râles encore, je te les enlèverai.

— Non, non, je faisais juste une remarque. »

Ce fut ce jour-là que j'eus envie de tabasser Achar.

Les gardes avaient ouvert toutes les cellules et nous avaient donné quelques minutes pour nous voir malgré l'obscurité. La porte d'entrée laissait passer un mince filet de lumière. Pour une raison inconnue, Achar se jeta sur Wakrine et le roua de coups en l'insultant :

« Fils de pute, tu crois t'en tirer comme ça, je te crèverai, je te crèverai ! »

Nous essayâmes tous de les séparer. Sans même poser de questions, M'Fadel enferma Achar dans sa cellule. Durant deux mois, tous les vendredis, M'Fadel nous laissait une petite demi-heure dans le couloir mais il n'ouvrait pas la cellule d'Achar. Alors, il n'y eut plus d'incident.

Un jour, il me dit, avec la voix d'un homme soumis :

« Dis, tu m'emmèneras à La Mecque ? J'ai tant de péchés à laver, à me faire pardonner. Je peux compter sur toi ? Dis, s'il te plaît, ne me refuse pas cette faveur, je suis si mauvais, jaloux et ignorant.

— Je te connais, si on sort, la première chose que tu feras, ce sera d'aller chez les putes. Alors arrête de répandre les effluves de ton ignorance dans ce trou noir, arrête de blasphémer.

— C'est vrai, ce que tu dis. Tu me connais bien. Je suis sûr que ma femme m'attend. En sortant, elle aura une vieille peau. Je te le dis tout net : si je sors vivant, et je sortirai de là, j'épouserai une jeunette de mon village.

— C'est ça, une fille innocente qui sera plus jeune que ton plus jeune enfant !

— Et alors ? C'est la vie !

— Achar, je ne veux plus discuter avec toi, tu me dégoûtes. »

Devoir supporter quelqu'un comme Achar était épuisant. Son intervention avait perturbé l'exercice de méditation. Les anges ne répondaient plus à mon appel. Je ne sentais plus leur présence. Avec le temps, l'usure physique et mentale s'installait ; avec toutes ces épreuves, ma capacité de concentration s'était beaucoup amoindrie. J'avais de plus en plus de mal à retrouver mon univers spirituel. Ce n'était pas la volonté qui manquait, mais j'étais fatigué. Aujourd'hui encore, je subis les séquelles de cette usure. J'ai du mal à lire et à écrire. Je ne peux pas me concentrer plus de quelques minutes.

Ne plus en vouloir à Achar, ni à personne. Je ne me focalisais plus sur Achar et je passais aux autres. Mon père arrivait en tête. Je le voyais dans une djellaba en soie, parfumé comme une femme, l'air jovial, les joues roses, rasées de près, l'embonpoint conséquent, la démarche délicate, la démarche de celui qui est toujours prêt à faire la révérence au roi, les yeux baissés et le verbe alerte, profitant d'un moment précis pour lancer un petit commentaire astucieux qui provoquerait un sourire, ou mieux encore un rire du patron.

Je le voyais et je souriais. Comment en vouloir à un bouffon à la cour et dans la vie ? Un père qui ne se souvenait même pas qu'il avait une famille ! Ce n'était pas un clown. Il n'y avait rien de tragique chez lui. Il était l'insouciance satisfaite, la passion pour la cour et les princes.

Je le voyais et je le laissais passer comme une ombre dans ma vie. Il aurait été plus facile de le haïr, d'avoir du ressentiment et de cultiver un besoin de vengeance. Mais cette facilité était piégée : on commence par s'ouvrir à la haine, et puis elle vous empoisonne le sang et vous en crevez.

Après mon père, je voyais des silhouettes, les fantômes de ceux qui nous entraînèrent dans ce mauvais coup. Ils n'étaient pas tous morts. Il restait quelques officiers qui avaient réussi à sauver leur tête en jouant la carte de l'ambiguïté. Je ne leur en voulais pas non plus. C'étaient de parfaits salauds. Je n'avais pas d'ennemis. Je n'alimentais plus mes mauvais penchants. Je compris combien il était fatigant de passer mon temps à découper en morceaux ceux qui m'avaient fait tant de mal. J'avais décidé de ne pas m'en occuper. Je m'en étais ainsi débarrassé, ce qui revenait à les tuer sans se salir les mains ni ressasser à l'infini le désir de leur rendre le malheur dans lequel ils m'avaient jeté.

Il fallait surmonter cette idée de vengeance définitivement. Être au-delà. Ne plus donner prise à ses tourments. Car la vengeance sentait fortement la mort et ne réglait aucun problème. J'avais beau chercher, je ne trouvais personne à détester. C'était de nouveau le signe d'un état que j'aimais par-dessus tout : j'étais un homme libre.

32

Au-delà de l'hypothèse des fuites organisées par les autorités pour des raisons politiques, je ne cessais de me poser la question : Pourquoi M'Fadel, le chef des gardes, le plus âgé, le plus cynique, acceptait-il de porter des messages à l'extérieur, risquant sa vie et celle de ses subordonnés ? L'appétit du gain, la rapacité. Il gagnait beaucoup d'argent en rendant ces services à Wakrine. Nous n'avions plus rien à perdre. Cela faisait plus de dix-sept ans que nous étions dans ce mouroir, surveillés par les mêmes gardes. Il se créait des habitudes. La routine s'était installée. Seule la mort venait de temps en temps rompre ce rythme de survie. M'Fadel en profitait. Nous, nous passions par Wakrine pour transmettre le maximum d'informations à l'extérieur. Nous ne prenions pas beaucoup de précautions. Nous n'avions pas d'échos de ce qui se passait dehors. Le principal, c'était d'obtenir quelques médicaments. Malgré tout, notre devenir ne pouvait pas avoir de sens. Il existait par défaut, se confondant pour certains avec une longue agonie, prenant pour d'autres les aspects d'une vie figée dans des petits riens où le fait d'avaler n'importe quel médicament était le principal événement de l'année. Nous comptions sur le hasard pour voir un miracle se produire dans ce trou, où nous étions de moins en moins nombreux. Nous n'avions plus de calendrier. Notre horloge parlante rendit l'âme sans crier gare. Abdelkrim, qu'on appelait Karim, mourut en silence, de faiblesse et de malnutrition. Il avait perdu l'appétit. Mauvais signe. C'était le début de la fin. Bien avant la dégradation de son état, il m'avait demandé de prendre le relais. Ce que j'avais fait, beaucoup moins bien que lui. Moi aussi, j'étais mal en point. Il m'arrivait de confondre les jours. Je fus aidé par Fellah, le numéro 14, un adjudant entré malade et toujours en mauvaise santé. Nous nous partagions la tâche : lui comptait les heures, moi les jours et les mois. Fellah était un homme discret, petit, sec, maigre, et il souffrait d'un poison qu'une femme lui aurait fait avaler. Il disait :

« Je suis *meouakal*, elle m'a fait manger un gâteau au miel où son grand sorcier avait déposé le poison le plus subtil : il ne tue pas mais donne toutes les maladies.

— T'es sûr que tu n'es pas malade à cause de notre enfermement ?

— Ici, les maladies se sont développées tranquillement. Je pisse du sang, parfois il y a du pus. Cela fait dix-sept ans que ma verge n'a pas servi ! Alors comment expliques-tu ça ? »

Fellah était devenu pour moi un laboratoire : attaqué de partout, son corps résistait. Il me demandait des médicaments.

« Lesquels ?

— N'importe quel médicament ferait l'affaire. J'ai mal partout. »

Wakrine lui en passait. Il les avalait d'un coup. Quand nous étions à Kenitra et que nous avions le droit d'aller à l'infirmerie de la prison, il demandait du Valium. Il en prenait tellement que j'avais cru qu'il cherchait à se donner la mort. Pas du tout. Il était déjà ensorcelé par la femme et il luttait par le Valium. En arrivant à Tazmamart, il fut privé de ses tranquillisants.

Je pensais qu'il allait faire une crise. Il s'adapta, et même s'il souffrait, il n'en parlait pas. Pour lui, l'enfermement qu'il subissait faisait partie du plan « sorcellerie ».

« Cette femme, me disait-il, avait juré de me faire payer. Elle a réussi. Méfie-toi des femmes de Kh'nifra ! Ce sont les plus cruelles. Elle voulait que je l'épouse. Tu t'imagines ? Une pute m'a choisi pour que je devienne son mari ! L'erreur, c'est que j'allais souvent la voir, presque à chaque permission. J'avais mes habitudes. J'arrivais en début de soirée, elle s'isolait avec moi, me préparait du thé, ensuite elle sortait une bouteille de whisky et on buvait. On faisait l'amour avant le dîner. Pendant que je mangeais, elle s'éclipsait. Je n'avais pas prêté attention à ce détail. On refaisait l'amour plusieurs fois dans la nuit. Quand je sortais l'argent pour la payer, elle se mettait en colère et me donnait des coups de pied. Un jour elle me dit qu'elle ne voyait plus d'hommes, que j'étais son homme. Elle m'avait choisi, élu. Elle avait quitté la grande maison où elle vivait avec d'autres putains et s'était rangée dans une petite habitation. Il était hors de question que j'épouse une pute : tu te rends compte, la honte, la décadence ! J'aurais dû disparaître. Mais je n'eus pas cette chance. Je n'avais pas cet instinct-là. De toute façon, j'étais déjà habité, elle m'avait bourré de produits provoquant des maladies. J'avais vu un sorcier à El Hajeb. Ce fut lui qui me donna ces informations. Pour guérir, il fallait consulter plusieurs médecins, en plus du travail du sorcier chargé d'annuler ce que l'autre avait prescrit. Seul un sorcier peut dénouer le sort qu'un autre sorcier a émis. Je n'eus pas le temps. Nous quittâmes Ahermemou pour les manœuvres, et nous voilà ici. »

Je rectifiai :

« Tu veux dire le coup d'État ?

« – Quel coup d'État ? Nous sommes sortis tôt le matin pour aller à Bouzneka faire des manœuvres…

– Mais tu sais pourquoi nous sommes ici ?

– Oui, nous avons tous été ensorcelés.

– Mais Fellah, tu plaisantes ?

– Moi ? Jamais ! Une des choses que j'ai perdues, c'est la possibilité de plaisanter et de rire. Depuis qu'elle m'a fait avaler ces substances, je ne peux plus rire. M'as-tu déjà vu en train de rire ?

– Non, c'est vrai. De toute façon, qui a envie de rire dans ce trou ? »

Je compris que Fellah était très atteint. La syphilis rend fou. Il n'avait pas perdu la mémoire mais ne savait pas ce qui lui arrivait vraiment. Du coup, je ne me fiais plus à son horloge, et je me mis à compter les heures. Sa folie n'était pas évidente. Il parlait avec cohérence, et, au détour d'une phrase, il disait quelque chose d'incompréhensible :

« Je me souviens bien de Khdeja. Elle m'obsède, disait-il. Elle avait des seins énormes. J'aime ça. Elle avait des yeux très noirs et on voyait deux fossettes sur ses joues quand elle riait. Et puis le cheval monta sur le minaret. Il pissa sur les gens qui passaient par là. Oui, le général a puni le figuier. Il lui a pris toutes ses figues et les a données à Khdeja. D'ailleurs, le général est le père de sa première fille, celle qui m'ouvrait la porte pour partir aux manœuvres. Je me souviens bien de ce matin où le chien de la voisine mordit le mollet du Nadir des Habouss. Il pleurait et moi je riais. Khdeja me donnait à manger et à fumer. J'ai dû fumer des herbes venues d'Inde ou de Chine. C'était très fort. Je ne savais pas où j'étais, ni ce que je faisais. C'est ça, la sorcellerie. Je ne suis pas fou. Dis, tu vas pas croire que je suis fou. Je suis malade. J'ai toutes les maladies, mais je serai guéri à la fin des manœuvres. Ici, c'est bien, ce qu'on fait. On apprend à résister au froid, à la chaleur, aux scorpions et aux cafards. Mais si le général me donnait des médicaments, ce serait bien. Il paraît qu'il nous observe avec des jumelles japonaises. Il voit dans le noir. Il donne des notes à chacun. Moi je ne serai pas bien noté, parce que Khdeja a refusé de coucher avec lui. Il se vengera. Un général, c'est important. Il peut tout faire. Personne ne lui dit non, sauf Khdeja. J'aime bien ce tempérament, même si elle m'a fait du mal. Quand nous sortirons, j'irai la voir et lui dirai deux choses : 1. bravo d'avoir refusé de coucher avec le général ; 2. ce n'est pas bien ce que tu m'as fait ! Je suis sûr qu'elle regrettera, parce que mon sexe est abîmé. Il ne sert plus à rien. Quand je pisse, je souffre terriblement. Je lui dirai tout ça. Mais, dis-moi, toi qui connais tant de choses : c'est quand, la fin des manœuvres ?

— Bientôt, Fellah, très bientôt.

— Tu m'accompagneras à Kh'nifra voir la belle Khdeja ?

— Bien sûr. J'irai avec toi. Je lui dirai que ce n'est pas bien ce qu'elle t'a fait.

— Toi, t'es mon ami. Dis-moi, quelle heure est-il ?

— Mais c'est toi qui tiens l'horloge !

— Ah bon, j'ai oublié ! Mais de quelle horloge parles-tu ?

— Celle du bagne.

— Ah, tu veux parler de l'horloge de notre caserne ! Ça fait longtemps qu'elle est en panne. Il faut que je la répare. Dans ma vie civile, j'étais horloger. Mon père était horloger aussi. Je suis entré dans l'armée pour réparer les montres des généraux. Tu as remarqué que les généraux sont toujours en retard ? C'est parce qu'ils portent des montres avec plein d'or. L'or ne s'entend pas avec le temps. Il vaut mieux avoir une montre en simple métal. Là, la précision est garantie. Mon père m'a appris ça, il y a longtemps. Dans l'armée, on m'a affecté aux services généraux, alors que je voulais m'occuper du temps. J'avais insisté, ils ne m'ont pas pris au sérieux. Dis, j'ai bien fait de ne pas épouser Khdeja ?

— Oui, Fellah, t'as bien fait.

— Quand on part en manœuvre, on ne peut pas laisser une femme derrière soi, surtout une femme comme Khdeja. On risque d'être blessé. Je crois que j'ai été blessé. J'ai dû recevoir une balle au ventre ou dans les parties.

— C'est possible. Tu sais, on tirait avec des balles réelles.

— Ah, ça, je m'en souviens. La veille, le commandant nous a dit en riant : "Manœuvres à balles réelles !" Il l'a répété, puis on a tous ri. Mais tu te souviens du médecin français qui est arrivé au cercle des officiers, et il a dit en plaisantant : "Vous préparez un coup d'État ?" Et le capitaine lui a dit : "Non, des manœuvres importantes." »

— Oui, je m'en souviens bien. Tu vois qu'il n'y a pas que moi qui ai parlé de coup d'État.

— Oui, mais on ne l'a pas fait. On n'a pas les couilles pour ça. Question couilles, je suis foutu. Les miennes ne servent plus à rien. Khdeja les a mordues, elle a avalé tout mon souffle, mon âme, ma vie.

— Quand on sortira d'ici, quand les manœuvres seront terminées, on ira voir Haj Brahim, le fqih le plus capable, pour annuler les effets de la sorcellerie et le mauvais sort. Tu verras, Fellah, tout se retournera contre Khdeja. Elle perdra la raison à son tour.

— Ah oui, mon ami, il faut lui faire avaler la cervelle de l'hyène. Je connais un vieux Sahraoui qui en vend à Marrakech. Si je la nique, elle sera malade toute sa vie.

— Mais elle transmettra le mal à tous ceux qui la niqueront après toi. Ce n'est pas juste. Faut pas faire ça.

— T'as raison. J'ai envie de poisson. »

Fellah passa la nuit à réclamer du poisson. Il criait des gros mots en arabe puis en français. Il connaissait un nombre impressionnant de mots qui mêlaient sexe et religion.

La nuit même, j'entendis le chant funèbre de la chouette. Je me disais : l'heure de la délivrance de Fellah est arrivée.

Non, ce fut Abdallah, lieutenant et instructeur comme moi, qui mourut après une diarrhée de plusieurs semaines. Il n'en parlait pas. Il s'était vidé jour après jour. Il faisait sous lui. Les puanteurs ne nous renseignaient plus sur les maladies qui habitaient définitivement avec nous.

La mort a une odeur. Un mélange d'eau saumâtre, de vinaigre et de pus. C'est sec et tranchant. Le cri de la chouette était toujours accompagné de cette odeur très particulière. On savait d'instinct. On n'avait pas besoin de vérifier. Le matin quand les gardes apportaient le pain et le café, on leur disait :

« Il y a peut-être un mort. Vérifiez. »

Fellah n'arrivait plus à pisser. Il mourut après des souffrances atroces. Il ne parlait plus, ânonnait, bredouillait, criait, tapait des pieds sur la porte, puis, au bout de la nuit, on n'entendit plus aucun son. Curieusement, la chouette n'avait pas prévu sa mort. Il n'y eut pas de chant lugubre.

33

Au temps de l'insouciance, je me faisais une haute idée de moi. Je brûlais les étapes. La vie était pour moi une belle évidence. Le bonheur aussi.

Je m'étais trompé. On ne peut avoir une haute idée de soi que dans le regard des autres. Pour cela, il fallait traverser plusieurs déserts et plusieurs nuits. Je m'étais résigné à vivre l'épreuve sans jamais me plaindre. Je ne m'en prenais qu'à moi-même dans le silence, entre deux prières. Je priais Dieu sans penser à ce qui pourrait arriver ni à ce que ces prières me donneraient. Je n'en attendais rien. Grâce à la prière, j'étais en train d'accéder au meilleur de moi-même avec la modestie de celui qui se détache petit à petit de son corps, s'en éloignant pour ne pas être l'esclave de ses souffrances, de ses appétits et de ses délires. J'accomplissais ces gestes de gratuité absolue, prenant le contre-pied de ceux qui entretenaient une comptabilité bien étudiée avec Dieu et ses prophètes. Croire en Dieu, célébrer sa miséricorde, dire son nom, glorifier sa spiritualité, tout cela était pour moi une nécessité naturelle dont je n'espérais rien, strictement rien. J'étais arrivé à un état de renoncement et de dépouillement intérieur qui me procurait un réconfort très appréciable. J'étais devenu un autre, moi qui soutenais autrefois que jamais un être ne change; j'étais confronté à un autre moi, libéré de toutes les entraves de la vie superficielle, n'ayant aucun besoin, ne réclamant aucune indulgence. J'étais nu, et c'était là ma victoire.

Depuis le décès de Lhoucine, depuis les échanges cruels et blessants que nous avions eus, j'avais compris qu'il fallait me ressaisir, reprendre le chemin infini de la pensée haute, invoquer l'Esprit le plus mystérieux, le plus secret, qui devait se trouver dans un univers dont je possédais les clés et les signes.

La pierre noire, le cœur de l'univers, la mémoire de la grâce, la splendeur de la foi, le désintéressement absolu, tels étaient les signes qui me guidaient. Je devrais ajouter la présence intermittente des anges gardiens, de Tebebt, et hélas aussi de la chouette annonciatrice du malheur imminent.

Je priais à voix basse, je me laissais emporter par une musique intérieure propre à la situation dans laquelle je me trouvais. Je n'entendais plus ce qui se disait autour de moi. Mes douleurs dans le dos et la colonne vertébrale creusaient leur sillon. Comme j'avais commencé à perdre mes capacités de concentration, je prenais les médicaments que M'Fadel me donnait de temps en temps. J'arrivais, grâce aux prières et à la récitation de poèmes soufis, à atténuer l'intensité de la douleur et même, parfois, à m'extraire de ce corps tout meurtri, déformé mais résistant.

Vers la fin, mon corps ne m'obéissait plus. C'était lui qui me quittait. Alors je m'endormais recroquevillé sur moi-même, comme un chat. Je le retenais. Je m'accrochais à la terre pour l'empêcher de m'abandonner totalement. Je ne pensais plus. Je n'imaginais plus rien. J'étais vide, devenu une aberration dans ce trou qui avait déjà englouti quinze compagnons sur vingt-trois. Tout a une limite. Ma tête ne suivait plus ou presque plus.

Cela faisait presque dix-huit ans que je ne m'étais pas regardé dans un miroir. À qui ou à quoi ressemblais-je ? Quand j'arrivais à lever le bras, je passais la main lentement sur mon visage. Comme un aveugle, mes doigts me renseignaient. J'avais les joues creuses, les pommettes dures et saillantes, les yeux perdus au fond de trous. J'avais maigri.

Ce besoin de regarder son image dans une glace, de rectifier un détail ou simplement de se reconnaître, d'avoir confirmation qu'il s'agit bien de la même personne, cette habitude perdue et oubliée ne m'intéressait plus. À quoi bon se voir ? Il paraît qu'il faut s'aimer un peu pour aimer les autres. Mais moi, je n'avais personne à aimer ou à détester.

Un jour, l'Ustad, profitant d'une petite lueur dans le couloir, me demanda si son visage était toujours à sa place. Je ne comprenais pas ce qu'il me disait.

« Je veux dire, si mon visage n'est pas à l'envers, si ma nuque n'est pas à la place de la pomme d'Adam ?...

– Tu peux vérifier en passant ta main sur ton visage.

– Non, je ne peux pas. Ma main ne sent plus rien. »

Il avait perdu le sens du toucher, ce qui ne l'empêchait pas de souffrir.

Il me dit :

« Je souffre intérieurement. J'ai de l'angoisse qui m'oppresse le cœur et la poitrine. Je commence à avoir des doutes. Je lis le Livre saint, j'invoque Dieu et notre Prophète, que le salut de Dieu soit sur lui, et puis je me retrouve au même point, seul et abandonné. Je plonge dans l'océan du Livre, un océan sans rivages, je roule sur moi-même et je manque de mourir étouffé par des torrents de mots qui ne s'accordent plus entre eux. J'ai mal dans les tripes, j'ai mal à la tête, et je ne sais que faire. Je t'en parle aujourd'hui parce que je ne vois pas l'issue. Je vais mourir sans avoir revu le soleil ni la lumière. Peut-être que, là-bas, l'enfer sera moins cruel que ce qu'on nous fait subir ici. Je crois que Dieu me pardonnera. Dieu est justice. Dieu est bonté. Dieu est miséricorde. Dieu est clément. J'ai hâte qu'il me rappelle à lui. "Et c'est à Lui que vous serez reconduits." Je suis âgé, je n'ai presque pas vécu. Tel est mon destin. Je sens que mon heure va arriver. S'il te plaît, ne les laisse pas me couvrir de chaux vive. Je compte sur toi pour que je parte chez Dieu propre, dans un linceul blanc, et que la prière soit dite sur mon corps. Je vais lire pour ne plus avoir mal à la poitrine. J'ai comme une barre de fer qui pèse une tonne, là, sur la cage thoracique. »

Il était entré dans ce qu'on appelle *sukârat al-maout*, le vertige, ou plutôt l'ivresse, de l'agonisant. C'est le propre des gens de grande piété.

Son cœur lâcha quelques instants après. Nous étions encore dans le couloir. Les gardes ne bougèrent pas. L'Ustad tomba. Je le pris dans mes bras. Il eut le temps de lever l'index droit et de dire la profession de foi. Je lui tenais la main et je répétais après lui les mots que tout musulman doit prononcer en quittant ce bas monde.

M'Fadel nous autorisa à enterrer Ustad Gharbi dans des conditions correctes. Nous n'étions plus nombreux. Un des gardes m'apporta un drap blanc pour en faire un linceul. Ce fut l'unique enterrement qui eut lieu dans les formes. Ce jour-là, le ciel était gris et la lumière douce. Nous restâmes un moment autour de la tombe en train de lire le Coran. Un des gardes essuya une larme. Nous étions tous émus. La voix de l'Ustad nous manquait. Je jetai ses haillons près de la tombe. Au moment de faire demi-tour pour revenir au trou, Wakrine me dit de regarder à gauche. Ce que je vis ne m'ébranla pas mais paniqua les survivants : sept tombes étaient creusées dans la cour. Nous étions sept. Elles nous étaient destinées. De l'autre côté, une dizaine de tombes ouvertes. Ce devait être pour les détenus de l'autre bâtiment.

Le soir, la discussion tourna autour de cette sinistre découverte. Le plus terrifié, Wakrine, ne cessait de répéter qu'il allait se battre, que jamais il n'irait au poteau d'exécution sans lutter. Nous étions d'accord, mais moi, j'étais persuadé que ces tombes ne nous concernaient pas. Une intuition. Comment convaincre les autres ? Je n'avais même pas envie d'essayer.

« Une balle dans la nuque. »

C'était son obsession. Il disait cette phrase sur tous les tons, en français, en arabe, en tamazight :

« Une baaaalle dans laaa nuuuuque. »

« *Kartassa felkfa.* »

« *Tadouat aguenso takoja'at.* »

« *Kartassa* dans *takoja'at.* »

Kartassa, une balle, *tadouat, kartassa, tadouat*, une balle, *kartassa*, la nuque, la nuque, *kartassa*...

Je n'en pouvais plus d'entendre ces mots. Nous étions tous fatigués, déprimés et très affectés par la mort de l'Ustad. Je me calmai et réussis à ne plus l'entendre.

Le matin, j'entendis mon Tebebt chanter de manière brève et saccadée. Il me renseignait sur des mouvements dans la cour. M'Fadel vint juste après et me demanda comment s'était passée la nuit. Je fus étonné. Jamais aucun des gardes ne s'était soucié de nos nuits ni de nos jours. Il posa la même question à Wakrine. Ce fut Achar qui répondit :

« Il nous a empêchés de dormir. Il a déliré toute la nuit. Il ne faut pas le réveiller, il pourrait reprendre sa litanie : balle dans la nuque, *kartassa*... »

M'Fadel le fit taire, puis il ouvrit la porte de Wakrine qui s'était recroquevillé au fond de la cellule. Apeuré, il s'accrocha à la jambe droite du garde :

« Dis, tu ne vas pas faire ça ? Pas toi, tu ne me tueras pas, dis, mon ami, mon cousin, ce n'est pas pour nous, les tombes, tu ne vas pas me mettre une balle dans la nuque. Non, pas toi. On se connaît assez. Ça fait presque vingt ans qu'on se connaît. Dis au type derrière toi de s'en aller, dis-lui que c'est toi qui commandes ici, s'il te plaît, expulse-le, il me menace avec un pistolet-mitrailleur. Celui-là, je ne l'ai jamais vu ; d'où vient-il ? Qui l'a envoyé ? C'est notre exterminateur ; pourquoi est-il en civil ? C'est un policier, un agent de la police politique ? Fais quelque chose M'Fadel. Un type comme lui est dangereux. S'il nous tue, il te tuera aussi, parce que tu sais plein de choses.

— Arrête, Wakrine ! hurla M'Fadel. Je suis seul. Il n'y a personne derrière moi. Tu délires ! Personne n'est venu pour te tuer. C'est moi, ton ami, qui suis là, et je te demande ce que tu souhaites manger aujourd'hui. Veux-tu de la viande ou du poisson ?

— Ah, j'avais raison ! C'est le dernier repas du condamné à mort. Il faut mourir l'estomac plein, en bonne santé, c'est ça, on fait attention avant de t'envoyer dans l'au-delà. Attention, les gars, je ne suis pas fou. Ce n'est pas normal qu'on nous change notre menu éternel et qu'on nous demande si gentiment notre avis ! Qu'en penses-tu, toi, l'intello ?

— Moi, je pense que ce n'est pas normal non plus. S'ils améliorent notre bouffe, c'est qu'ils préparent quelque chose. Quoi ? Je n'en sais rien.

— Oh, moi, je sais. C'est tout de même curieux : les tombes fraîchement creusées, l'enterrement de notre compagnon l'Ustad selon les bonnes règles musulmanes, et puis l'amélioration de la bouffe. Il y a quelque chose qui cloche dans cette histoire.

— Écoute, Wakrine, calme-toi et arrête de crier. Je suis sûr que M'Fadel ne sait pas lui-même ce qu'on nous réserve. Alors, arrête, fais tes prières et attends. »

M'Fadel ferma les portes et s'en alla sans dire un mot.

Je repensais à l'Ustad et au vide immense qu'il laissait. Sa voix grave et lumineuse résonnait encore dans ma tête. Il n'avait pas peur de la mort et ne se révoltait jamais contre notre condition. Il disait être dans « une pure servitude à Dieu », être là pour prier, pas pour juger les hommes. Il m'avait dit un jour que l'homme a plus de noblesse mort que vivant, car en retournant à la terre il devient terre, et rien n'est plus noble que la terre qui nous ensevelit, qui nous ferme les yeux et qui fleurit dans une belle éternité.

34

Nous étions en juin 1991. Nous n'avions aucune nouvelle du pays et du monde extérieur. Je calculais le temps passé entre la première lettre sortie du bagne et la légère amélioration de la bouffe. J'établissais un lien entre ces deux faits, sans penser à l'espoir et encore moins à une quelconque victoire. Cinq années de messages, de bouteilles à la mer. Comment aurais-je pu savoir tout ce que faisaient madame Christine, mon frère qui vivait en France, la pharmacienne, sœur d'Omar, la femme de Wakrine, et bien d'autres personnes qui alertaient le monde sur notre enfer tenu durant une quinzaine d'années au secret ?

Wakrine s'était calmé. En revanche, deux autres compagnons, le numéro 1, Mohammed, et le 17, Icho, un Berbère de Tagounite, étaient en train de mourir d'une longue maladie qui les faisait tousser jusqu'à s'étouffer. Ils avaient besoin d'un traitement précis. Nous autres, nous prenions tous les médicaments, sachant qu'ils ne nous feraient que du bien, étant donné notre état général. M'Fadel, qui les entendait tousser, me dit que peut-être nous aurions bientôt la visite de médecins. Quand je lui demandai :

« Pour qui ces tombes ?

— Est-ce que je sais ? Ne me pose plus ce genre de

questions. En dix-huit ans, tu as appris que je ne suis qu'un gardien d'une prison très spéciale. On se connaît assez pour ne pas jouer au plus malin.

– OK. Mais va voir comment se porte Wakrine. Il m'inquiète. »

Il parla avec lui en berbère. Wakrine chanta une berceuse de son pays, et nous retrouvâmes notre survie routinière. Je repensais au miroir et à mon visage qui n'avait plus d'expression, ou plutôt qui était figé dans la même mimique, celle de l'homme contrarié, mais qui ne se posait pas la question de savoir pourquoi il n'avait plus de visage. J'avais beau le toucher, j'étais convaincu qu'on me l'avait volé. Celui que je portais n'était pas le mien, ce n'était pas celui que ma mère caressait. D'ailleurs, si par miracle je rencontrais ma mère, elle ne me reconnaîtrait pas, elle mettrait du temps avant de venir vers moi et m'enlacer, comme elle faisait après mon retour de voyage. Là aussi, j'étais en voyage, je faisais le tour du monde sous terre, je parcourais la planète, les mers et les montagnes, courbé, dans une cellule en forme de tombe posée sur des roulettes et poussée par un commandant ivre. D'étranges animaux rencontrés dans ce parcours tentaient de mordre le commandant et de me libérer. J'ai vu un mort ricanant dans un cercueil porté par des nains ; en essayant de se redresser, il perdit les moitiés de dattes posées à la place des yeux. C'était un mort définitivement aveugle.

J'ai vu une cigogne malade se coucher au milieu de la route et lever l'aile pour arrêter le vent.

Sur la courbe du temps la foudre m'a jeté et j'ai roulé sur moi-même comme une boule de foin. Je ne voyais plus le commandant ivre mais une guenon qui me souriait. Où étais-je ? Pourquoi cette impression de me cogner le front contre une vitre immense ? Je cherchais une ombre où me cacher, moi qui étais privé de lumière. Mais l'ombre était celle d'un chêne et j'étais libre de jouer avec l'herbe, de me tourner les pouces et de capturer quelques papillons. Les nains lâchèrent le mort qui n'était pas mort et vinrent m'attacher les pieds et les mains. Ils ne dirent rien, l'un d'eux me souriait. Ils avaient tous le visage de M'Fadel. Je riais et me recroquevillais au fond de ma cellule.

En me réveillant le matin, j'avais la tête légère. J'étais aussi gai que si je rentrais d'un beau voyage.

J'étais devenu le gardien du silence, refusant de négocier avec la longue nuit de l'espoir. Il fallait vivre cette nuit sans esquiver les trappes, sans s'accrocher aux pierres et sans manger la terre humide pleine de vers.

Je sus qu'on pouvait s'habituer à tout, même à vivre sans visage, sans sexe et sans espoir. Je ne cherchais pas à savoir comment les autres se débrouillaient avec leur sexe, moi j'avais réglé le problème au troisième jour de mon arrivée au trou. Comme j'avais décidé que je n'avais plus de famille, plus de fiancée, plus de passé, je ne pensais plus au monde extérieur, et par conséquent je m'interdisais tout désir ou toute évocation ; je n'utilisais mon pénis que pour uriner. Le reste du temps, il était froid, ramené à sa plus simple forme, et je ne faisais même pas de rêves érotiques. Il ne protestait pas, ne bougeait pas et me laissait en paix. Je n'y pensais plus du tout ; lorsque le pauvre Ruchdi se plaignait, disant qu'il était devenu impuissant, je lui parlais d'autre chose. Je n'avais pas peur d'affronter la question de la sexualité dans le bagne, mais c'était l'affaire intime de chacun. La lutte contre l'invasion de la vie, contre la visite par la pensée d'éléments du monde extérieur, devait être de tous les instants. Il ne fallait rien laisser passer, rien ne devait filtrer de ce que nous avions laissé derrière nous, ni les rêves ni les projets, ni les parfums de rose, ni l'odeur de femme. La lutte, c'était d'élever et de renforcer ce barrage, même si les murs qui nous emprisonnaient semblaient être recouverts d'une matière spéciale les rendant absolument et définitivement étanches. Ce fut pour cela que nous n'insistâmes plus pour sortir enterrer nos morts. Au début, nous prenions une provision de lumière, une petite part du ciel, un bout de vie, même s'il était froissé par la présence de la brutalité militaire. C'était l'époque où la lutte n'était pas radicale. Le jour de l'enterrement de Lhoucine, je me surpris à fermer souvent les yeux. Le ciel, même gris, me faisait mal. La lumière ne m'intéressait plus. Je pensais que ma victoire devait commencer dans le bagne, sinon j'allais dépérir comme la plupart des compagnons et mourir sans avoir combattu.

Les tombes creusées ne faisaient plus peur à Wakrine. Ce fut lui qui me réveilla un matin, tout content d'avoir trouvé une explication :

« Tu sais, ils les ont creusées pour nous faire peur. N'as-tu pas remarqué qu'après des années d'interdiction ils n'ont pas hésité à nous autoriser à enterrer Lhoucine ? Ils savaient que l'un d'entre nous allait mourir. Alors ils ont creusé ces tombes pour nous paniquer. Tu sais, c'est comme lorsqu'on simule une exécution. J'avais vu ça dans un film américain. On bande les yeux du condamné, on fait venir des soldats, on donne l'ordre de tirer, ils tirent, et le condamné chie de peur. Les balles étaient à blanc. Alors ce sont des tombes à blanc ! Mais nous, nous savons que nous n'irons pas coucher dans ces trous creusés dans la cour. De toute façon, la cour de la caserne n'est pas un cimetière. Tu vois, j'ai compris leur manège, je ne suis pas idiot, toi non plus tu n'es pas idiot, t'es de mon avis ?

— Bien sûr, je suis d'accord avec toi. Ce sont des tombes pour faire semblant. Parce que si les ordres de

Rabat sont "Liquidez-les !", ils ne vont pas se fatiguer à nous enterrer chacun dans une tombe. Ils nous jetteront dans une fosse commune, ni vu ni connu !

– Tu as raison. Que fait-on aujourd'hui ?

– Nous allons prier pour que nos compagnons Mohammed et Icho ne souffrent pas. »

Ils moururent en silence, à une semaine d'intervalle.

35

Je ne savais plus quel poète avait dit : « La mort n'arrête pas la vie. » Mais cette idée m'obsédait et je ne savais pas comment la développer et la transmettre aux quelques compagnons qui restaient, en cet été 1991.

Nous n'étions plus que cinq survivants du bagne B : Achar, Abbass, Omar, Wakrine et moi. La mort était encore dans les parages. Elle se dépêchait même de finir le travail. Je sentais que quelque chose allait se passer. Wakrine me dit qu'on avait distribué des rasoirs et de la mousse à raser aux survivants du bagne A. M'Fadel le lui aurait rapporté. C'était plausible. On avait souvent moins maltraité ceux du bagne A. Peut-être parce qu'il y avait là-bas deux ou trois officiers importants. De toute façon, je m'en moquais et refusais d'en discuter avec les compagnons. Mais c'était peut-être un signe. Quelque chose se tramait. Nos messages de détresse avaient dû arriver à bon port, entre les bonnes mains. Peut-être que la presse étrangère parlait de nous, que les autorités de Rabat subissaient des pressions de la part d'hommes politiques importants, que des intellectuels s'étaient mobilisés pour obtenir notre libération, peut-être même que Jean-Paul Sartre et Simone de Beauvoir étaient intervenus pour nous et qu'une pétition circulait dans les rédactions des grands journaux. Comment le savoir ? Nous étions sans nouvelles du monde et le monde se soucierait probablement un jour de notre sort. Je ne pouvais pas savoir à l'époque que Sartre et Beauvoir étaient morts. Pour moi, le monde continuait à vivre dans une petite éternité immuable. On allait peut-être nous raser, nous laver, nous habiller de neuf, et même nous changer de bagne, pour nous présenter à Amnesty International ?

On nous installerait dans une prison propre, avec des cellules meublées de lits, de tables de chevet, de lampes électriques, de couvertures neuves, et on nous donnerait à manger du poulet grillé, de l'agneau, et même du merlan…

Début juillet, nous eûmes droit à de la viande. Pour la première fois en dix-huit ans, on nous servit de la viande de chameau, avec des pommes de terre et des petits pois. Les rations étaient copieuses, mais ça puait. J'avais oublié l'odeur de la viande. Elle ne me manquait pas. Quand j'étais petit, je mangeais chez mon grand-père de la viande hachée de chameau. Elle avait une odeur particulière, forte. Elle m'écœurait.

Méfiant, prudent, je ne mangeai que les légumes et le pain trempé dans la sauce. Le malheureux Abbass se précipita sur cette nourriture, avala la viande grasse sans la mâcher et eut une indigestion, qui lui donna une forte fièvre. Au lieu de jeûner, il se nourrit le lendemain des féculents et des pâtes. Il passa toute une semaine à vomir, la fièvre ne tomba pas. Il mourut à la fin du mois de juillet. Achar, qui avait mangé la viande, ne souffrit d'aucun mal. Il était toujours fort et gros. Wakrine me dit que la viande était avariée et qu'on cherchait à nous empoisonner. Omar avait suivi mon conseil et n'y toucha pas. L'estomac n'était plus capable de digérer un aliment qu'il ne connaissait plus.

Après la mort d'Abbass, ils ne servirent plus de viande, mais ils varièrent les légumes, et, au lieu des pâtes du soir, nous avions du riz avec de la sauce tomate.

Depuis presque un mois, mon petit moineau, mon Tebebt, ma Lfqéra chantait un chant mélodieux, joli et triste à la fois, un chant qui me laissait pressentir qu'un départ allait avoir lieu, le sien, le mien, le nôtre, je ne savais pas. Je lui donnais du riz. Lui aussi eut droit à un menu amélioré. La chouette ne venait plus. Le bagne s'était vidé de la majorité de ses occupants. Quelque chose devait advenir. Chacun de nous quatre spéculait dans son coin. Je tenais l'horloge. Omar était confiant, convaincu que les messages avaient eu de l'effet. Wakrine fut repris par l'angoisse de l'inconnu. Achar formait des projets pour sa sortie, et moi j'essayais de ne pas penser à l'avenir. La nuit, je faisais des rêves où je ratais ma libération. Tout le monde quittait le bagne et on m'oubliait. Je dormais et personne ne pensait à me réveiller. Ou bien le Kmandar nous faisait appeler, prononçait un discours, et, au moment de nous rendre notre liberté, il me retenait en disant : « Toi, tu restes. Ton père est intervenu pour que tu ne sois pas libéré. Tu resteras seul dans le bagne jusqu'à ta mort. » Là je me réveillais tout trempé, maudissant la nuit et le sommeil qui avaient engendré ce rêve. Le lendemain, je récitais le discours du Kmandar, dont je n'avais oublié aucun mot :

« *Balkoum !* Garde à vous ! *Raha !* Repos ! Je suis votre commandant. Je m'appelle Debbah, l'égorgeur. Je n'ai jamais eu de sentiments, ni bons ni mauvais. Je suis au service de ma patrie, de Dieu et de mon roi. Vous étiez vingt-trois en arrivant dans cette prison, vous n'êtes plus que quatre. Comme vous le constatez, ma mission n'est pas réussie à cent pour cent. Dieu m'est témoin, j'ai fait mon devoir avec discipline, intégrité et rigueur. Mais voilà, vous êtes là ; la preuve que tout est entre les mains de Dieu. Pour vous, c'est fini, ou presque. Vous êtes graciés, c'est tout. Il n'y a pas d'occasion pour ça. Ce n'est ni la fête de l'indépendance, ni le Mouloud, ni l'Aïd Kébir. Vous retournez à votre cellule. On vous donnera des chevaux et vous vous en irez. Garde à vous ! Rompez ! »

C'était à ce moment-là qu'il m'appelait pour me dire que je n'étais pas gracié.

Achar pensait que ce rêve lui était destiné. Il me dit :

« En fait, tu ne veux pas nous voir sortir. Si j'interprète ton rêve, c'est que tu veux que nous, nous restions là, et toi tu te tires parce que ton père est intervenu pour te libérer. C'est ainsi que je comprends ce rêve. On m'a toujours dit qu'un rêve révèle le contraire de ce qui se passe. Ça ne m'étonne pas, égoïste, fils de bourgeois ! »

Il ne fallait surtout pas réagir. Mon rêve était simple : mon père, après dix-huit ans, se sentait coupable. Avec l'âge, la peur remplace la foi, ou bien la foi dissimule la peur. Mon père devait avoir peur de Dieu. Il savait qu'il avait mal agi à mon égard par égoïsme, par lâcheté, et aussi par besoin de plaire à son roi.

Je lisais seul le Coran. Wakrine se plaignait de douleurs dans les articulations. Il avait de plus en plus de mal à bouger. Omar comptait à l'infini. Quant à Achar, il rêvait à haute voix de ce qu'il allait faire en sortant :

« Moi, c'est pas compliqué, j'ai toujours été direct et simple. En sortant, je vends la maison et j'achète une épicerie fine à Marrakech. Je vendrai des choses importées d'Europe. Je me remarierai, comme je vous l'ai déjà annoncé, et je referai ma vie. Si ma femme et mes enfants se sont débrouillés vingt ans sans moi, ils peuvent continuer à vivre comme avant. Je les ai oubliés. Il le fallait. Le temps, c'est le temps. Il efface et éloigne des yeux et du cœur les choses qui étaient importantes. Le premier jour, j'irai manger dans un vrai restaurant. Je me soûlerai, j'irai pisser dans les cimetières. Ah ! j'arrête, car je ne sais pas si je tiendrai le coup jusqu'à la sortie ! »

Il n'avait pas de doute et aucun scrupule. Mes rêves étaient chaotiques. Mes doutes étaient partout. J'étais aguerri et je ne nourrissais aucune illusion. Achar ne m'énervait plus. La manie qu'avait Omar de coller aux chiffres ne me gênait pas.

Cette nuit-là, je livrai mon dernier combat. Il avait duré des heures. Les griffes de la mort tiraient sur mon cœur pour l'arracher et moi je tirais dans l'autre sens pour retenir la vie, pour la garder. Il n'était pas question qu'après dix-huit ans je laisse la mort prendre l'avantage dans mon combat. Je savais que j'allais gagner. Je transpirais. Je voyais le visage contrarié de la mort serrer les dents et cracher sa colère. Ne pas céder. Ne pas douter. Après un ultime bras de fer où mes efforts furent très intenses malgré mon état général désastreux, je sentis les griffes lâcher. Je reçus comme un coup de poing en pleine poitrine, puis je tombai, exténué mais avec un sentiment de paix et même de bien-être que je n'oublierai jamais. J'étais seul avec mes douleurs, seul avec mes pensées, seul avec mon corps tellement détérioré que la science n'en voudrait pas pour ses expériences. J'étais seul et las. Je sentais mes vertèbres tassées les unes sur les autres, mes doigts rigides, mon épaule déformée, mon dos bossu, mon ventre creux et mes pensées ficelées, arrêtées dans un espace neutre, ni blanc ni noir, arrivées au bout de quelque chose, dans la vie on dirait au bout du rouleau. Mais ici j'avais du mal à imaginer à quoi ressemblerait notre rouleau. Il serait du genre compresseur, lamineur.

Le jour où je leur avais raconté le film de Buñuel *L'Ange exterminateur*, mes compagnons poussèrent des cris d'effroi. J'avais marocanisé le scénario et je leur avais dit que le fameux dîner se passait dans une superbe villa dans le quartier riche d'Anfa à Casablanca. Nous étions là, par hasard, invités pour mettre la table et assurer la sécurité des officiers et de leurs épouses. Nous étions dans le jardin sous une tente pendant que la haute bourgeoisie marocaine, hommes d'affaires, responsables politiques, femmes du monde, se gavaient de toutes les nourritures imaginables. Et puis, au douzième coup de minuit, la vitre invisible descendait du ciel, les enfermant, les laissant se battre entre eux pour quitter cette maison de malheur, maison de verre et destin cruel pour des gens qui ne savaient plus qui ils étaient ni avec qui ils vivaient. Nous les observions en buvant de la bière. Ils nous voyaient rire, pestaient et appelaient au secours. Nous ne pouvions rien pour eux. La glace était d'une matière incassable. C'était la volonté divine, justice immanente rendue par Dieu, et nous, ravis et inquiets, ne savions pas comment ce drame allait se terminer. Une petite guerre civile se déroulait devant nous. Ils s'arrachaient les yeux, se battaient avec les couteaux et fourchettes du dîner raffiné. Il y avait du sang, des larmes, des femmes aux robes déchirées, leurs seins tombants, leurs fesses dégagées, et leurs hommes se mordaient les uns les autres, devenus cannibales, monstrueux, rendus à leur vraie nature. Puis vinrent les agneaux de l'Atlas, qui entourèrent la maison et se mirent à brouter le gazon. La femme du colonel dansait, ivre, pendant qu'une bourgeoise se faisait arracher sa ceinture en or et ses colliers de diamants. Comment ne pas rire, face à ce spectacle hideux ? Derrière cette tente s'étaient réunis tous les domestiques qui avaient quitté la maison sans donner de raison. Ils disaient que Dieu rendait justice, que c'était le jour du Jugement dernier. Quand les vitres se levèrent, au petit matin, que les invités ajustèrent leurs tenues, nous eûmes la bonté de nous en aller et de ne pas assister à leur déchéance jusqu'au bout.

Pourquoi ce film m'obsédait-il ? Pourquoi l'avoir marocanisé au point d'y avoir cru ? Une belle histoire, un miracle d'intelligence. Voilà ce dont nous manquions le plus : l'intelligence.

À la fin de mon récit, j'avais demandé pardon à Buñuel pour avoir plaqué sur son film une réalité de mon pays.

Comme d'habitude, Achar n'avait pas compris la métaphore de la vitre invisible, ni de l'aboulie qui s'était emparée de ce beau monde. Il avait protesté et réclamé des explications logiques.

Je pensais à ce film, en cette journée où le courage et la volonté manquaient, et j'imaginais le Kmandar débarquer dans notre bagne, ouvrir lui-même les cellules et nous dire :

« Allez, foutez le camp ! Vous êtes libres. »

Nous nous avancerions vers la sortie, et là une toile d'araignée invisible aurait été tissée par le diable ou par le planton du Kmandar, qui nous empêcherait de passer. Nous ferions demi-tour devant le Kmandar ébahi. L'œil plein de haine, il éclaterait de rire et nous laisserait seuls avec notre malheur, sans même fermer les portes des cellules.

36

Comment réaliser que nous étions en train de vivre les derniers mois de notre calvaire ? M'Fadel, qui avait changé d'attitude, venait parler avec moi dans le couloir. Il tenait des propos étranges. Je l'écoutais, hochais la tête de temps en temps et pensais à autre chose :

« Tu sais, toi, je t'aime bien. Tu ne vas pas me croire, mais si vous quittez ce lieu, toi en particulier, tu me manqueras. Que veux-tu, je ne suis qu'un être humain. Je me suis habitué à vous. Je reconnais que c'était très dur. En fait, au début, je ne donnais pas cher de votre peau. Je me disais, on se disait tous, que vous ne tiendriez pas un an. Étonnant, l'être humain ! Il a des réserves de volonté insoupçonnées. Il résiste, malgré toutes les difficultés. Je sais, ce ne fut pas le cas de tous. Mais te rends-tu compte, si tu sors, tu seras un miraculé. Tu sais, on prenait même des paris sur les morts à venir. Vous avez fait quelque chose d'intolérable et vous avez payé. C'est la règle du jeu. Imagine que le coup d'État ait réussi, nous serions aujourd'hui collègues dans la même caserne. Je serais même ton subordonné. À cinquante-huit ans, je ne suis qu'un adjudant. Toi, tu serais maintenant commandant ou colonel. La vie est bizarre. Tiens, je t'ai acheté des vitamines, prends-les, ça ne te fera pas de mal. Je suis entré dans une pharmacie et j'ai demandé des vitamines. Une jeune femme m'a donné cette boîte, il paraît qu'elle contient toutes les vitamines.

– Et moi, je crève ? » hurla Achar.

M'Fadel l'avait oublié.

« Toi, tu ne crèveras jamais, avec ton bide de sanglier…

– Mais j'ai mal, j'ai mal partout. S'il te plaît, donne-moi des médicaments. »

M'Fadel le laissa râler et s'en alla en fermant les cellules.

Je connus à cet instant un moment de grande paix. Plus rien ne pouvait m'arriver. Sortir. Rester. Survivre. Mourir. Cela m'était égal. Tant que j'avais la force de prier et d'être en communion avec l'Être supérieur, j'étais sauvé. J'étais enfin arrivé au seuil de l'éternité, là où la haine des hommes, leur mesquinerie et leurs bassesses n'avaient jamais accès. J'étais ainsi parvenu, ou je croyais l'être, à une solitude sublime, celle qui m'élevait au-dessus des ténèbres et m'éloignait de ceux qui s'acharnaient sur des êtres sans défense. Plus rien ne gémissait en moi. Les membres de mon corps avaient été réduits au silence, à une forme d'immobilisme qui n'était pas tout à fait du repos ni la mort.

J'avais atteint la limite de la résistance. Mon corps ne m'obéissait déjà plus. Ma tête enflait à force de ressasser les mêmes prières, les mêmes images. Et pourtant, je savais que la lumière allait nous inonder. Je m'y préparais en fermant les yeux et en imaginant ces retrouvailles. J'acceptais de céder un peu au mensonge. Je n'étais pas un héros, mais un homme à qui dix-huit années de calvaire n'avaient pas réussi à retirer son humanité, c'est-à-dire ses faiblesses, ses sentiments et sa capacité à affronter les prodiges des volcans qu'il avait longtemps reniés. Ma forteresse se fissurait. J'entendais les voix de ceux qui nous avaient quittés. Tout se mélangeait dans ma tête que je n'arrivais plus à tenir dans mes mains. Vaincue par la douleur, ma solitude ne me protégeait plus. Je n'étais plus seul face à la foi. Il y avait des intrus dans la demeure intérieure. J'étais envahi de maux. Je refusais de prononcer le mot « agonie ». Je lui préférais démence. Ça sonnait mieux. Je montais sur le « D » majuscule et je tendais les bras comme pour plonger dans l'eau bleue d'une piscine. Je m'accrochais au « m » qui était élastique. Je tombais puis remontais. J'attrapais le « c », j'en faisais un crochet et je m'y collais comme un noyé à une bouée. Mais ce qui m'arrivait ne correspondait pas au sens qu'on donne généralement à ce mot. Sauvé par la démence de la nature, par la folie de mon imagination. Démence ! Démence ! Je chantais. Heureusement j'étais le seul à m'entendre, ma voix ne ressemblait plus à rien. D'autres mots venaient à mon secours. J'étais dans un océan de mots, un dictionnaire fluctuant de pages volantes. Le mot le plus confortable, c'était « astrolabe ». J'aimais sa sonorité, le chant que je devinais. Bien sûr, cela n'avait rien à voir avec l'instrument qui détermine la hauteur des astres. Quoique... Astre et Labe = aspiré par les lames...

Après la prière, je fus ramené à la cellule par un cri strident poussé par Wakrine. Le vide laissé par ceux qui nous avaient quittés amplifiait le cri. C'était comme un long et puissant coup de tonnerre dans un ciel noir. Wakrine n'arrivait pas à arrêter ses hurlements. Il était possédé par une si grande douleur qu'il ne savait pas ce qu'il faisait. Il était devenu immaîtrisable, n'étant plus en lui-même, mais entre les dents d'un rapace avec lequel il nous semblait qu'il se battait. Je lui parlai. Il ne m'entendait pas. Il n'y avait rien à faire. Peut-être avait-il vu la mort et refusait-il de lui céder ?

Avec tous les compagnons morts durant ces dix-huit ans, j'avais acquis une certaine familiarité avec l'ange Azraïl, celui envoyé par Dieu pour cueillir l'âme des mourants. Je le voyais, modeste, tout de blanc vêtu, patient et apaisant. Il laissait derrière lui un parfum de paradis. J'étais sans doute le seul à le sentir. Cela durait quelques instants. Je reconnaissais son passage au petit vent froid qui traversait le bagne, et je savais qu'il n'était plus là quand l'effluve de son parfum submergeait ma cellule. Cela était plus joli que l'image de la mort en squelette muni d'une faux.

Ce jour-là, je ne sentis ni sa présence ni son odeur. Wakrine devait souffrir encore. Son heure n'était pas arrivée. La nuit, il ne criait plus, mais il pleurait comme un enfant pris par une crise de larmes.

Au petit déjeuner, nous eûmes du pain frais. Il avait dû être fait l'avant-veille. La mie n'était pas dure. Le café était toujours le même : urine de dromadaire. Mais pour la première fois on nous donna du sucre. J'avais complètement perdu le goût du sucré. Je le trouvai amer. Ma salive n'était plus habituée à ce genre d'aliment. Achar poussa un youyou de satisfaction Pour lui, notre sortie était imminente. Omar ne fit pas de commentaire. Quant à Wakrine, il reprit lentement vie, il mangea le pain et le sucre.

Au déjeuner, on nous servit des boîtes de sardines et une orange. Le soir, des pâtes, comme d'habitude. Il ne fallait pas trop nous gâter d'un coup. Nous étions au mois de juillet, et un des gardes eut l'outrecuidance de nous dire :

« Aujourd'hui, c'est la fête de la jeunesse. C'est la fête de Sidna, que Dieu le garde et le glorifie. »

Le lendemain, tôt le matin, on vint chercher Achar. Il quitta la cellule les yeux bandés et les mains menottées. Il pensait qu'il allait être libéré. Il nous dit :

« Au revoir, les amis. Je suis le plus vieux. Au Maroc, on a toujours été gentil avec les personnes âgées. C'est normal que je sois le premier à sortir. Je suppose que vous n'allez pas tarder à retrouver la liberté. »

Un des gardes le somma de se taire.

J'appris plus tard que lui et un officier de l'autre bagne avaient été retransférés à la prison civile de Kenitra. Ils y restèrent quelques mois après notre libération.

Cette nuit-là, je fis le rêve suivant :

Nous sommes tous habillés de linceuls blancs, et nous sommes réunis dans une mosquée. Nous prions sans relâche. Nous sommes côte à côte, mais nous ne nous parlons pas. Entre deux prières, nous faisons le salut traditionnel. Je me lève. J'ai du mal à marcher, parce que le linceul me serre les jambes et les mains. Je tire sur une ficelle au niveau des doigts, le tissu qui me couvre tombe par terre. Je ne suis pas nu. Un autre linceul me couvre le corps mais il n'entrave pas mes pieds. Je peux marcher. Je quitte la mosquée pendant que mes compagnons prient. Personne ne se rend compte de mon départ. En sortant, je suis accueilli par un éclat de lumière forte. Je ferme les yeux et je vois ma mère. Je continue d'avancer et personne ne fait attention à moi.

Je n'osais pas penser que la mosquée était la prison ou que la prison pouvait être représentée par un lieu de prière.

37

Une des nuits les plus horribles de mon enfermement fut celle du 2 au 3 septembre 1991.

Nous fûmes tous regroupés dans le bagne A, là où le
nombre de survivants était le plus nombreux. Omar,
Wakrine et moi étions dans un état de délabrement et
de fatigue physique et psychique effroyable. Nous
avions du mal à marcher et à rester debout. Wakrine
avançait à quatre pattes, quant à Omar il s'appuyait
contre le mur pour ne pas tomber. M'Fadel vint vers
moi, me donna le bras et me dit :

« Appuie-toi sur moi. C'est la fin du cauchemar. Je
crois que c'est la fin. Je n'en sais pas plus que vous,
mais tout ça ressemble à quelque chose qui s'achève. »

Je hochais la tête, je n'avais aucune envie de parler.

Nous étions pieds nus. On nous avait bandé les yeux
et mis des menottes aux mains. Une voix inconnue fit
l'appel. Ce fut ainsi que j'appris la mort de ceux qui
n'étaient pas dans notre bagne. Vingt-huit survivants sur
cinquante-huit condamnés. Trente morts, trente suppli-
ciés, trente calvaires à la durée et à la férocité variables.

On nous fit monter dans des camions. J'entendis la
bâche tomber et fermer l'arrière du véhicule. Toute la
nuit, nos corps furent secoués, comme si la route avait
été choisie en fonction de son très mauvais état. Les
véhicules passèrent par des voies secondaires, et même
par des pistes.

Je sentis notre camion ralentir. D'autres véhicules militaires arrivaient en sens contraire. Je compris, à travers la conversation entre les chauffeurs, qu'il s'agissait de bulldozers. Ce n'étaient pas des camions remplis de soldats punis qui prendraient nos places. Notre conducteur dit à son aide :

« Boldozer, ya boldozer, c'est du fer, du fer qui mange tout, oh ! oh !

– Il faut les laisser passer, sinon ils vont nous écrabouiller.

– T'as raison, le fer c'est le fer ! »

Je ne pensais plus. J'imaginais. J'inventais. Je voyais des mâchoires métalliques suspendues à des grues gigantesques, ensuite des bulldozers pour tout détruire. Plus de bagne, plus de prison. Le bagne rasé, les murs démolis, les pierres réduites en terre et en sable. Ces machines dévoreuses iraient dans tous les sens, écraseraient tout ce qui avait été construit. J'eus une pensée pour les scorpions. Eux aussi deviendraient sable et poussière. Mais pourquoi tout démolir ? Ah, éliminer les traces de l'horreur ! Ce qui est pire que l'horreur subie, c'est sa négation.

Je te lamine, je te triture, je te jette dans une fosse, je te laisse mourir à petit feu sans lumière, sans vie, et puis je nie tout. Ça n'a jamais existé. Quoi ? Un bagne à Tazmamart ? Mais qui est cet impudent qui ose penser que notre pays aurait commis un tel crime, une horreur inqualifiable ? Dehors l'impudent ! Ah, c'est une femme, eh bien, c'est du pareil au même, dehors, elle ne mettra plus jamais les pieds sur le sol marocain ! Ingrate ! Mal élevée ! Perverse ! Elle ose nous soupçonner d'avoir organisé le système de la mort lente dans l'isolement complet ! Quelle arrogance ! Elle est manipulée par les ennemis de notre pays, ceux qui sont jaloux de notre stabilité et de notre prospérité. Les droits de l'homme ? Mais ils sont respectés, vous

n'avez qu'à voir et observer. Des prisonniers poli-
tiques ? Non, ça n'existe pas chez nous. Des disparus ?
La police les recherche. Il faut lui rendre hommage,
car elle fait très bien son travail.

Ce discours passait et repassait dans ma tête endolorie. Je souriais. Ainsi ils allaient démolir notre bagne.
J'imaginais des soldats s'acharnant sur des blocs de
ciment, suant et s'essoufflant. Ils n'auraient pas le droit
de se parler ou de poser des questions. « Secret de
l'état-major ». Opération confidentielle. Elle aurait
même un nom : « Pétales de roses », à cause du *mous-*
sem d'Imelchil où des hommes offrent des roses à
celles qu'ils aimeraient épouser. C'est raffiné. Je voyais
d'autres soldats transporter des palmiers fraîchement
arrachés de la palmeraie de Marrakech et essayer de les
planter à l'endroit exact où des hommes ont vécu le calvaire absolu. Mais j'imagine ou même je soupçonne et
constate que les palmiers sont réticents. Les soldats les
plantent, essaient de les fixer, les attachent avec des
cordes, mais ils ne tiennent pas ; ils penchent et tombent
sur le sol, soulevant un nuage de poussière rouge et
jaune. Les soldats suffoquent, toussent puis se remettent
au travail. Il n'y a rien à faire. Les palmiers ne veulent
pas de cette terre suspecte, de ce lieu maudit où le sang
a coulé, où des larmes se sont perdues. Les palmiers ne
poussent pas dans les cimetières. Alors les soldats
repartiraient avec les palmiers et iraient dans la forêt de
Maamora déraciner quelques chênes ou des hêtres et
retenteraient l'opération « pétales de roses » en vue du
camouflage de la honte.

Mais si des soldats réussissent à effacer les traces
du bagne, jamais ils n'arriveront à effacer de notre
mémoire ce que nous avons enduré. Ah, ma mémoire,
mon amie, mon trésor, ma passion ! Il faut tenir. Ne pas
faillir. Je sais, la fatigue et puis les contrariétés. Ah, ma
mémoire, mon enfant qui portera ces paroles au-delà de

la vie, au-delà du visible. Alors démolissez, mentez, camouflez, dansez sur les cendres des hommes, vous aurez le vertige et puis ce sera le néant.

La fatigue et la douleur m'obligeaient à me taire. Ma tête bouillait comme une marmite, mes pensées n'avaient plus de consistance, mes images bougeaient avant de sombrer dans la nuit. Mon épaule me faisait mal. Mes vertèbres me faisaient mal, ma peau me faisait mal, et même mes cheveux souffraient. J'avais les mains et la nuque rigides.

Le voyage avait duré une bonne douzaine d'heures. Quand les camions s'arrêtèrent, je crus un instant que nous étions revenus au bagne. Nous descendîmes du camion, et un soldat nous conduisit. Il me fit entrer dans une pièce, m'enleva les menottes et retira mon bandeau. Lorsque j'ouvris les yeux, j'eus mal. Je les refermai et j'attendis debout, appuyé contre le mur, pour comprendre ce qui m'arrivait et où j'étais. Je les ouvris lentement. Je vis tout de suite une petite fenêtre haut placée, par laquelle passait de la lumière. Malgré l'extrême fatigue, je souris pour la première fois depuis très longtemps. Le soldat me dit que je pouvais m'étendre sur le lit. Je restais debout sans réagir, comme si je ne l'avais pas entendu. Il me répéta sur un ton où le respect se mêlait à la compassion : « Mon lieutenant, vous seriez mieux couché. » Comment savait-il que j'étais lieutenant ? Cela faisait vingt ans que personne ne m'avait appelé ainsi. Je me souvins avoir accédé à ce grade le 9 juillet 1971. Le lendemain, je devais porter ma deuxième étoile. Il m'aida à m'installer sur le lit. Je me couchai sur le côté droit. La terre tremblait. Le lit bougeait de droite à gauche. Les murs avançaient puis s'éloignaient. Je voyais le plafond miroiter de petites lumières. J'eus l'impression de faire une chute dans le vide. Je tombais dans des sacs de laine ou de coton. Cela me rappela mon premier saut en parachute. J'avais ressenti une petite frayeur, au niveau du cœur. Là, c'était amplifié, comme si le parachute ne s'ouvrait pas. Mon corps, tout endolori, était aspiré vers le bas. J'avais froid. Je me sentais en état d'apesanteur et j'avais le vertige. Il fallait vite quitter ce lit douillet. Ma peau ne supportait aucune douceur. Mon corps était cousu de cicatrices en tout genre. Mon âme était intacte et même plus forte qu'avant, mais la peau avait été trop meurtrie. J'essayai de me relever. Je m'accrochai au sommier pour ne pas tomber. Après quelques tentatives, je réussis à me mettre debout. Comme dans ma cellule, je me courbai. Le plafond était haut mais il me paraissait bas. Je tirai la couverture et les draps et m'allongeai par terre. Le sol était dur et froid. Cela me rassurait. Je pus enfin dormir, tomber dans la plus profonde des nuits.

Je fus réveillé par un autre soldat qui m'apporta un plateau où il y avait une nourriture que je n'avais pas vue depuis longtemps : un demi-poulet grillé, de la purée de pommes de terre, une salade de tomates et d'oignons, du pain frais, et surtout un pot de lait caillé appelé yaourt. Je regardai longuement ce repas et je n'osai pas le toucher. Je mangeai le pain, la purée et le yaourt. Pour le reste, je pensais qu'il fallait attendre quelques heures. Quand je mis dans ma bouche un morceau de blanc de poulet, je le mâchai tant bien que mal, parce que j'avais perdu la moitié de mes dents, et celles que j'avais gardées étaient chancelantes.

En l'avalant, je ne sentis rien. Ça n'avait pas de goût. Je mangeai ensuite des tranches de tomate et but un grand verre d'eau. Le soir, on m'apporta un autre plateau aussi richement garni. C'était la fête. Je bus la soupe de légumes et mangeai de la viande hachée. J'eus tout de suite mal au ventre. Je n'aurais pas dû manger autant.

La nuit, j'essayai de nouveau de dormir sur le lit.

J'eus du mal à supporter ce confort-là. Je passai la deuxième nuit par terre. Le matin, je reçus la visite d'un médecin. Il me posa des questions d'ordre strictement médical. Je répondais sans faire de commentaires. Je lui signalai où j'avais mal. Il m'examina pendant une bonne heure. Il me prescrivit des analyses d'urine et de sang et me fit parvenir des médicaments à prendre.

Trois jours après, ce fut un autre médecin qui vint me voir. Il devait être spécialiste de quelque chose. Il s'informa sur l'état de ma vésicule biliaire :

« Il faut vous opérer. Pour cela, il faudra attendre, car dans l'état où vous êtes, vous n'êtes pas opérable. Prenez ces pilules en cas de crise et on verra plus tard. »

D'autres médecins défilèrent dans ma chambre. Je devais être un cas, un miraculé, puisque j'avais survécu aux pires sévices. Mon corps en témoignait.

Après deux semaines dans cette prison dorée, un infirmier vint me chercher pour m'emmener chez le dentiste ; il s'était déplacé avec un camping-car équipé des appareils nécessaires pour le soin des dents.

Le véhicule donnait directement sur le couloir du bâtiment où je séjournais. En regardant par les fenêtres, je reconnus l'endroit où nous étions. Les arbres n'avaient pas changé, les montagnes non plus. Le ciel avait une couleur étrange.

Pour nous soigner avant de nous libérer, on nous avait ramenés à l'école d'où nous étions partis pour faire le coup d'État vingt ans auparavant. Nous étions à l'école d'Ahermemou, transformée en centre de soins pour survivants de Tazmamart.

Ce jour-là restera un jour historique dans ma vie : en m'installant sur le fauteuil à bascule du dentiste, j'aperçus quelqu'un au-dessus de moi. Qui était cet étranger qui me regardait ? Je voyais un visage accroché au plafond. Il faisait les mêmes grimaces que moi. Il se moquait de moi. Mais qui était-ce ? J'aurais pu hurler, mais je me suis retenu. Ce genre d'hallucination était fréquent au bagne. Là, je n'étais plus enfermé. Il fallait me résoudre à accepter cette malencontreuse évidence : ce visage, labouré de partout, froissé, traversé de rides et de mystère, effrayé et effrayant, était le mien. Pour la première fois depuis dix-huit ans, j'étais face à mon image. Je fermai les yeux. J'eus peur. Peur de mes yeux hagards. Peur de ce regard échappé de justesse à la mort. Peur de ce visage qui avait vieilli et perdu les traits de son humanité.

Le dentiste lui-même fit part de son étonnement. Il me dit gentiment :

« Voulez-vous que je cache ce miroir ?

– Non merci. Il faudra bien que je m'habitue à ce visage que j'ai porté sans savoir comment il changeait. »

Il était choqué par l'état de ma dentition. Je le vis à son expression étonnée. C'était un homme délicat. Il aurait bien voulu exprimer sa sympathie, mais mon regard étrange qui le fixait l'en dissuada. Avait-il peur de moi, de mon image terrifiante, ou était-il si bouleversé par mon état général qu'il ne pouvait rien dire ? Il soupira profondément, mit un masque sur sa bouche et son nez et essaya de me faire un détartrage. Mes gencives saignèrent de partout. Il arrêta et me dit : « La prochaine fois, je ferai un curetage de la gencive. » Il me donna des pilules à prendre et m'aida à me relever. En marchant, je cherchai l'autre visage qui me narguait. Je regardai au plafond, sur les murs, derrière moi. Le soldat qui m'accompagnait me dit : « N'ayez pas peur, mon lieutenant. Personne ne nous suit ! »

Nous avions un coiffeur qui nous rasait les cheveux et la barbe. Il n'avait pas de miroir. Un jour, je lui demandai de m'en procurer un.

« C'est interdit, me dit-il. Ici on vous soigne et on a peur qu'une mauvaise idée vous passe par la tête.

— C'est bien. J'ai compris. Mais tu peux au moins me laisser voir mon visage dans ton miroir ?

— Je n'en ai pas. »

Au bout d'un mois, je commençais à ressembler à un être humain normal. J'avais juste ce problème du regard qui effrayait tous ceux qui me voyaient.

Le psychiatre fit semblant de ne pas être dérangé par mes yeux. Il me posa des questions, auxquelles je répondis de manière laconique :

« Que ressentez-vous envers l'armée ?

— Rien.

— Avez-vous de la rancune, envie de vengeance ?

— Non.

— Que pensez-vous de votre famille ?

— C'est la famille.

— Que pensez-vous de votre père ?

— C'est quelqu'un qui aime ses enfants, mais ce n'est pas un père.

— Vous avez du ressentiment à son égard ?

— Non, pas du tout.

— Qu'allez-vous faire en sortant d'ici ?

— Aucune idée. Peut-être me soigner.

— On m'a dit que vous avez eu un choc en regardant votre image dans le miroir chez le dentiste. C'est vrai ?

— Oui, c'est vrai. C'est le regard de la folie, alors que j'ai encore toute ma tête. C'est aussi le regard de la mort, alors que je suis vivant. Je n'ai pas admis d'avoir ces yeux-là, habités par quelque chose d'effrayant. Ce sont les yeux de quelqu'un d'halluciné. J'ai peur. Et je lis la peur dans le regard des autres. Peut-être que j'aurais dû me préparer à ce choc. Je finirai bien par y arriver.

— Vous y arriverez, j'en suis sûr. Est-ce que vous rêvez depuis que vous êtes ici ?

— Oui, je rêve beaucoup. Même là-bas, je faisais tout le temps des rêves. Ils n'étaient pas tous horribles.

— Pouvez-vous m'en raconter un ?

— De ces jours-ci ou d'avant ?

— Disons, un rêve qui vous a marqué.

— C'est un rêve que j'ai fait souvent. Je me trouve à Marrakech, dans une vieille maison de la Médina. C'est un riad entouré de patios et de grandes pièces. Dans la cuisine, je vois ma mère. Elle ne me voit pas. Je passe et je me dirige vers l'arrière-salle, là où il y a un puits. Il est recouvert d'une nappe brodée par mes sœurs quand elles étaient au collège. Je suis dans cette salle sombre. Je vois deux hommes en train de creuser une tombe à droite du puits. La terre est mise de côté. De petits serpents luisants en sortent. Ils ne me font pas peur. Je suis là, sans volonté, sans voix. Les deux hommes me prennent par les bras et me jettent dans le trou qu'ils ont creusé. Très vite, ils remettent la terre sur moi. Je ne bouge pas. Je n'essaie pas de crier. Je suis enterré mais j'entends et je vois tout ce qui se passe dans la cuisine. Je vois ma mère préparant le repas. Je vois la bonne laver le sol. Je vois le chat courir derrière une souris. Je n'ai pas peur. Je ne sens rien. Je ris tout seul et personne ne vient me sortir de là.

« Voilà, docteur. J'aime ce rêve parce qu'il correspond à mes intuitions. Je savais que je n'allais pas mourir à Tazmamart.

— Merci de votre collaboration. Je n'ai rien à ajouter. Que Dieu vous aide ! »

38

À Ahermemou, après deux mois de soins, nous apprîmes que nous allions être libérés. Les autorités choisissaient deux ou trois prisonniers et les remettaient entre les mains de la gendarmerie de leur région. Jusqu'au dernier moment, nous ne savions pas qui allait sortir et qui devrait attendre.

Mon tour arriva une quinzaine de jours après les premières libérations. J'étais dans la chambre quand le Kmandar, suivi d'un médecin, entra :

« Sidna le roi t'a gracié. Dans quelques jours, tu retrouveras ta famille. Tu seras certainement contacté par des journalistes étrangers, par des gens qui veulent du mal à notre pays. La conduite à avoir est simple : ne pas répondre à leurs questions empoisonnées. Ne pas collaborer avec eux. Refuser tout contact. Si tu fais le malin, je te ramènerai moi-même à Tazmamart ! C'est bien entendu ? »

J'avais décidé de ne pas parler, de garder le silence, de ne pas jouer leur jeu. Mais là, il fallait lui répondre :

« Écoute, Kmandar Debbah, tu retires cette dernière phrase, parce que, pire que Tazmamart, c'est impossible.

– Comment sais-tu mon nom ? »

J'avais réussi à le surprendre.

« J'ai connu quelqu'un à l'Académie qui te ressemble étrangement. Donc, tes menaces, tu les gardes pour toi. En outre, j'ai une demande à te faire.

– Une demande ? C'est quoi, cette histoire de demande ?

– Si je pars d'ici, il faut que je parte couché. Il me faut un matelas. Sinon j'arriverai chez moi à quatre pattes, et je suppose que ça fera très mauvais effet pour la réputation de l'armée, de la gendarmerie, et même du pays. »

Il se tourna vers le médecin :

« Vous trouvez, docteur, qu'il est en si mauvais état que ça ?

– Non seulement il est en très mauvais état, mais s'il ne fait pas le voyage couché, je ne garantirai pas son arrivée en vie à Marrakech.

– D'accord. Tu auras un matelas. »

Il sortit, puis il revint et me dit, en entrouvrant la porte :

« En quelle année étais-tu à l'Académie ?

– Quelle importance, à présent ? On ne va quand même pas évoquer nos souvenirs de jeunesse ! »

Il claqua la porte et je ne le revis plus.

On vint me chercher le lendemain, au milieu de la nuit. On m'apporta un costume, une chemise, une cravate et des chaussures. Rien n'était à ma taille. Je partis habillé avec un survêtement de sport.

Presque vingt heures de voyage. J'étais couché au milieu du camion. Les secousses me faisaient mal. Le temps traînait en longueur. Nous atteignîmes Marrakech dans la soirée. J'entendais l'appel à la prière, les klaxons, le bruit des motos, la musique de la vie.

On me déposa au siège de la gendarmerie royale de Marrakech. J'étais attendu. On me fit entrer dans un bureau où étaient assis des gens d'autorité. Je m'assis sur une chaise placée au centre de la pièce. Je croisai les bras et fixai les yeux du caïd qui me parlait. On aurait dit un tribunal d'exception.

« Sidna le roi, que Dieu le garde et le glorifie, t'a gracié. Demain tu retrouveras ta famille. Mais attention, des étrangers prendront certainement contact avec toi... etc. »

Il parlait d'une manière arrogante et solennelle et je n'entendais que des bruits de viscères, des pets, des grincements de dents, les bruits amplifiés d'un corps en dérangement. Son visage changeait de forme et surtout de dimensions. Sa lèvre inférieure pendait et touchait le bureau où ses mains jouaient avec une règle. Ses dents tombaient en faisant un bruit de chute de pierres. Son nez coulait. Il était tout en sueur. Le caïd ne s'en rendait pas compte. Il continuait à proférer ses menaces et moi je le regardais fixement. Plus je le regardais, plus il bafouillait, se trompait, revenait en arrière à la recherche de ses mots. Mon seul regard le tétanisait. Il frappa la table avec la règle. Les feuilles d'un dossier s'envolèrent et s'éparpillèrent dans la pièce. Là, n'en pouvant plus, il cria :

« Baisse les yeux. Ici tu es devant le caïd, le commissaire divisionnaire, le chef de quartier... Bon, je disais, si quelqu'un prend contact avec toi, tu nous préviens. D'accord ? »

Je ne prononçai pas un mot. Je continuai à le fixer des yeux. Il s'énerva, alluma une cigarette, tapa de nouveau sur la table. Le divisionnaire l'arrêta :

« Laisse tomber ! Laisse-le en paix ! »

En quittant le bureau, je reconnus mon frère cadet accompagné d'une jeune femme. Je les regardai sans bouger. Mon frère m'enlaça, les larmes aux yeux. Il me dit :

« Tu reconnais Nadia ? C'est ta petite sœur. »

Nadia pleurait, et moi j'avais les yeux complètement vides. À la maison, j'eus du mal à reconnaître mes deux petits frères. Ils avaient neuf et onze ans le jour de mon arrestation. Je demandai à voir ma mère.

Elle était à El Jadida, en train de se soigner. Elle était gravement malade, et je ne le savais pas. Je ne l'avais même pas deviné. Je ne disais rien. J'avais le vertige. Je ne pouvais pas m'endormir. Je me couchai par terre, sous la table. Je me recroquevillai comme un animal blessé. Je changeai de position, je me levai, me cognant la tête contre la table basse, je retombai sur le tapis, étourdi, complètement perdu.

Nous étions le 29 octobre 1991. Je venais de naître.

39

Ma naissance fut aussi une épreuve. J'avais l'allure d'un petit vieux qui venait d'arriver au monde. J'avais perdu quatorze centimètres et gagné une bosse. Ma cage thoracique était déformée et ma capacité respiratoire réduite. Les cheveux avaient bien résisté, la peau s'était froissée. Je marchais en traînant la jambe droite. Les mots que je prononçais avaient subi un nettoyage. Je les choisissais avec soin. Je parlais peu, mais ma tête ne cessait pas de travailler. J'étais un nouveau-né qui devait se débarrasser de son passé. Je décidai de ne plus me souvenir. Je n'avais pas vécu pendant vingt ans, et celui qui existait avant le 10 juillet 1971 était mort et enterré quelque part dans une montagne ou une plaine toute verte.

Comment faire comprendre à mon entourage que j'étais un être tout neuf, un peu abîmé par le voyage, et qui n'avait rien à voir avec celui qu'ils attendaient, celui qu'ils avaient vu partir un jour et qui n'était pas revenu ? Les mots ne suffisaient pas et induisaient en erreur ceux qui les prenaient à la lettre. Alors je m'abstenais de parler, de faire des commentaires, de participer à la vie sociale. Je les entendais dire :

« Il est encore sous le choc.

— Il est étrange !

— C'est ça, il est traumatisé. On le serait à beaucoup moins. »

Les gens voulaient me recevoir, organiser des fêtes, me rendre hommage, me faire des cadeaux. Certains cherchaient à me faire raconter l'enfer. Ils pensaient me faire plaisir. Ils ne pouvaient pas comprendre combien j'étais ailleurs, accroché à mes prières, exilé dans mon univers de spiritualité, de foi et de renoncement. Je dormais sur le ventre, les bras tendus, comme un inconnu laissé au bord d'une route. J'avais peur de me mettre sur le dos. J'étais un étranger égaré dans un monde où je ne reconnaissais rien ni personne.

Après cinq mois, j'avais toujours du mal avec le confort, les choses faciles. Quand j'entrais dans la salle de bains, je restais longtemps à admirer les robinets. Je les regardais et n'osais pas les ouvrir. Je les caressais comme des objets sacrés. Je les tournais délicatement. Lorsque l'eau coulait, je l'économisais. Je faisais attention à tout. J'avais du mal à m'habituer aux pantoufles. Je marchais sur la pointe de mes pieds nus comme si j'avais peur de glisser ou de salir le marbre. Mon ouïe était devenue particulièrement fine. J'entendais tout. Rien ne m'échappait. C'était gênant. Les bruits me parvenaient de plus en plus amplifiés. Dans le silence, le bourdonnement au fond de mes oreilles se faisait aigu et continu. Mes yeux avalaient des images sans les identifier ni les sélectionner. J'étais comme une éponge. Je happais tout. Je me remplissais de tout ce qui se présentait à moi. Là, je compris que j'étais un nouveau-né d'un type rare : je venais d'arriver au monde et j'étais déjà formé. Tout m'étonnait, tout m'enchantait et je renonçais à tout comprendre et surtout à expliquer à mes proches l'état dans lequel j'étais.

Pour dormir, j'avais besoin d'un lit dur. Je fis mettre une planche de bois sous le matelas.

Des médecins se penchaient sur mon cas. Ils ne comprenaient pas comment j'avais réussi à survivre. J'avais besoin de silence et aussi de solitude. Choses difficiles à obtenir dans une famille où l'on faisait la fête plus souvent que d'ordinaire.

Je préférais aller m'asseoir à côté de ma mère. Son cancer la faisait souffrir, elle ne se plaignait pas. Elle me disait :

« Je n'oserai jamais me plaindre devant toi. Je sais, mon fils, ce que tu as enduré. Pas la peine de me raconter. Je sais de quoi sont capables les hommes, quand ils décident de vraiment faire mal à d'autres hommes. Je suis contente de t'avoir vu, j'avais tellement peur de mourir avec cette blessure au cœur. À présent, ma vie est entre les mains de Dieu. S'il me rappelle à lui, ce sera ainsi. Pas de larmes, pas de cris : simplement quelques prières et quelques pensées tendres. Dis-moi, mon fils, raconte-moi, il paraît que tu as vu ton père ! Comment ça s'est passé ?

— Le plus simplement du monde. Ma sœur cadette a organisé une fête pour les vingt ans de sa fille. Il y avait des *chikhat*, des musiciens et beaucoup d'amis. J'étais invité. Je ne voulais pas m'attarder dans ce genre de soirée. Mon père est arrivé en retard, comme d'habitude. Il a fait son entrée comme un roi. Il était accompagné de sa jeune femme, une personne sympathique. Il était habillé de soie et sentait un parfum de femme. Quand il s'est assis, je me suis levé et je suis allé vers lui. Je me suis baissé, et, comme j'ai toujours fait, je lui ai baisé la main droite. Il m'a demandé comment j'allais. Je lui dis que j'allais bien. Il a dit : "Que Dieu te bénisse." Je l'ai laissé, entouré de sa cour, et je suis retourné à ma place. Comme si de rien n'était, il racontait pour la énième fois l'histoire du coiffeur algérien qui refusa de payer le loyer d'une des maisons du pacha El Glaoui qu'il occupait.

— Tu sais, mon fils, il n'a jamais été un père pour aucun de ses enfants. Il les aime, mais il ne faut pas trop lui demander. Il a toujours été ainsi. Il m'arrivait de l'appeler Monsieur l'Invité. Il ne faut pas lui en vouloir. Dis-moi, il paraît que Tazmamart n'a jamais existé ?

– On le dit. Qu'importe. C'est vrai, ça n'a jamais existé. Aucune envie d'aller vérifier. Il paraît qu'une petite forêt de vieux chênes s'est déplacée et a recouvert la grande fosse. On dit même que le village changera de nom. On dit... on dit... »

DU MÊME AUTEUR

Harrouda
roman
Denoël, coll. « Les lettres nouvelles », 1973
« Relire », 1977
et « Médianes », 1982

La Réclusion solitaire
roman
Denoël, « Les lettres nouvelles », 1976
et Seuil, « Points », n° P161

Les Amandiers sont morts de leurs blessures
poèmes
Maspero, « Voix », 1976
prix de l'Amitié franco-arabe, 1976
Seuil, « Points », n° P543

La Mémoire future
Anthologie de la nouvelle poésie du Maroc
Maspero, « Voix », 1976 (épuisé)

La Plus Haute des solitudes
essai
Seuil, coll. « Combats », 1977
et « Points », n° P377

Moha le fou, Moha le sage
roman
Seuil, 1978
prix des Bibliothécaires de France
et de Radio Monte-Carlo, 1979
et « Points », n° P358

À l'insu du souvenir
poèmes
Maspero, coll. « Voix », 1980

La Prière de l'absent

roman
Seuil, 1981
et « Points », n° P376

L'Écrivain public

récit
Seuil, 1983
et « Points », n°P428

Hospitalité française

Seuil, « L'histoire immédiate », 1984 et 1997 (nouvelle édition)
et « Points Actuels », n° A65

La Fiancée de l'eau

théâtre, suivi de
Entretiens avec M. Saïd Hammadi, ouvrier algérien
Actes Sud, 1984

L'Enfant de sable

roman
Seuil, 1985
et « Points », n° P7

La Nuit sacrée

roman
Seuil, 1987
prix Goncourt
et « Points », n° P113

Jour de silence à Tanger

récit
Seuil, 1990
et « Points », n° P160

Les Yeux baissés

roman
Seuil, 1991
et « Points », n° P359

Alberto Giacometti
Flohic, 1991

La Remontée des cendres
suivi de
Non identifiés
poèmes
Édition bilingue,
version arabe de Kadhim Jihad,
Seuil, 1991
et « Points », n° P544

L'Ange aveugle
nouvelles
Seuil, 1992
et « Points », n° P64

L'Homme rompu
roman
Seuil, 1994
et « Points », n° P116

La Soudure fraternelle
Arléa, 1994

Poésie complète
Seuil, 1995

Le premier amour est toujours le dernier
nouvelles
Seuil, 1995
et « Points », n° P278

Les Raisins de la galère
roman
Fayard, « Libres », 1996

La Nuit de l'erreur
roman
Seuil, 1997
et « Points », n° P541

Le Racisme expliqué à ma fille
document
Seuil, 1998

L'Auberge des pauvres
roman
Seuil, 1999
et « Points », n° P746

Labyrinthe des sentiments
roman
Stock, 1999
et « Points », n° P822

RÉALISATION : PAO ÉDITIONS DU SEUIL
IMPRESSION : S.N. FIRMIN-DIDOT, AU MESNIL-SUR-L'ESTRÉE
DÉPÔT LÉGAL : JANVIER 2002. N° 41777 (58375)